俳句のための基礎用語事典

角川書店＝編

角川文庫
21922

はじめに

本書は、俳句実作にあたって心得ておくべき俳句の基礎用語を百項目選び、簡潔に解説を付したものです。「俳句用語」とは俳句に関して用いられる広範囲の用語です。本書では実作に役立つ事項を大まかに、Ⅰ俳諧、Ⅱ俳句史、Ⅲ作句法、と三章に分けました。執筆は俳句実作に精通した俳人十二名の分担によります。

読者は本書のどこから読んでも結構でしょう。ただ、項目間で関連する事もありますので、関係項目を相互に参照すればより効果的です。

巻末には索引を付していますので、それも有効に利用していただければ幸いです。

各章の一部を覗いてみましょう。

俳諧の章の「わび・さび・しほり・ほそみ」の項目では、「わび」は隠者の精神的な生活感覚の中の美意識、「さび」は閑寂・枯淡の世界、「しほり」は湿潤な感じ、なよなよした柔らかな感じ、「ほそみ」は繊細な美的センス、と簡明に述べます。読者はこれを基に深い研究も可能です。

俳句史の章では「明治俳句」「大正俳句」「昭和俳句」等の項目で、俳句史の概要を摑めます。正岡子規、高浜虚子、水原秋櫻子《しゅうおうし》ら4S、新興俳句運動、石田波郷《はきょう》ら人間探求派、第二芸術論へと流れ、「社会性俳句」「前衛俳句」へと展開されます。

作句法の章の「一句一章・二句一章」の項目では、こう喝破《かっぱ》します。「一句一章、二句一章は句切れに注目した形式の問題であり、「取り合わせ」、「一物仕立て」は詠まれる素材に注目した作句法の問題である。数は少ないが、一句一章で取り合わせの句もあれば、二句一章で一物仕立ての句もある」。この事はベテランでも間違いやすいところです。きっと、目から鱗が落ちる読者も多いことでしょう。

他の表現技法についても、「即物具象」「破調」「擬人法」「比喩」「重畳法（リフレイン）」「切字・切れ」ほか多項目が載っており、すぐに実作に生かせます。また、実作における注意事項もあります。たとえば「人事句」の項では「人事句は……特殊・個人的な生活に強く傾き過ぎるおそれもあり……、普遍性のある人間表現、詩への昇華を図ることが大切と考える」。これらも句作のヒントとなるでしょう。

本書を活用して俳句の基礎知識を身に付け、それを俳句実作に応用・実践していただければと願っております。とりわけ、第三章の「作句法」は句作の向上に直接結び付く事と確信します。

皆様の俳句へのより深い探求と、実作への大いなる飛躍をお祈りします。

目次

Ⅲ　作句法

I 俳諧

不易流行《ふえきりゅうこう》

芭蕉が提唱し、土芳《どほう》・去来《きょらい》らによって祖述《そじゅつ》された俳句理念。元禄二年『おくのほそ道』の体験から考えられた。

土芳の『三冊子《さんぞうし》』には、

「師の風雅に万代不易有《ばんだいふえきあり》。一時の変化有《あり》。この二つに究《きはま》り、其本一つ也。その一つといふは風雅の誠也。不易を知らざれば実《まこと》に知れるにあらず。不易といふは、新古によらず、変化流行にもかゝはらず、誠によく立《たち》たるすがた也。代々《よよ》の歌人の歌をみるに、代々其変化あり。また、新古にもわたらず、今見る所むかしみしに不替《かはらず》、哀成《な》るうた多し、是《これ》まづ不易と心得べし。又、千変万化する物は自然《じねん》の理《ことわり》也。変化にうつらざれば、風あらたまらず、是に押うつらずと云ふは、一端《いったん》の流行に口質《くちくせ》時を得たるばかりにて、その誠を責《せめ》ざるゆゑ也。せめず心をこらさゞる者、誠の変化をしるといふ事なし。たゞ人にあやかりてゆくのみ也。せむるものはその地に足をすゑがたく、一歩自然に進む理也。行末《ゆくすゑ》いく千変万化する共、誠の変化はみな師の俳諧也。」

と記すが、根底を流れる趣旨は「この二つに究り、其本一つ也。その一つといふは風雅の誠也」、「行末いく千変万化する共、誠の変化はみな師の俳諧也」に尽きる。すなわち「風雅の誠」に根ざした止むに止まれぬ「変化」こそ、芭蕉の芸術観と軌を一にする「不易の俳諧」であると言うことができる。

ところが「今見る所むかしみしに不替、哀成るうた多し、是まづ不易と心得べし」からは「不易・流行」二元論も顔を覗かせる。去来は『去来抄』で、「去来曰、蕉門に千歳不易の句、一時流行の句と云有。是を二つに分て教へ給へる、其元は一つ也。」と記し、「其元は一つ也」と言いながら、「不易の句」「流行の句」と個々の句体の問題とも解せる発言をなし、さらに魯町《ろちょう》の問いに答える形で「不易の句は俳諧の体にして、いまだ一つの物数寄なき也。」として、

初風や伊勢の墓原猶すごし　芭蕉

などの句を挙げ、一方「流行の句は己《おのれ》に一つの物ずき有りてはやる也」として、

あれは松にてこそ候へ杉の雪　松下

を挙げている。「初風や」には物数寄（特別な趣向）はないが、「あれは」には謡曲の立ち入れという物数寄があるというのである。これを「時代を超越して鑑賞され得る句」と、「その時代でこそ人気を博す句」という程度に解釈して、個々の句の評価に用いる「二元論」は現代でも広く用いられているが、それでは芭蕉が「流行」に託した「譲れぬ思い」は、どこかへ忘れ去られている。

風雅《ふうが》・風狂《ふうきよう》

「風雅」とよく似た、世間一般ではほぼ同義として用いられる「風流《ふりゆう》」という言葉がある。〈意匠を凝らして美しく飾ること〉であるが、〈俗を離れてみやびやかなこと〉をも言う。熟語として「風流車」「風流物」「風流棚」などがある。「風流車」は祭礼の行列に出る、装飾を施した車。「風流物」も祭礼の時持ち歩く、装飾を施した花籠などをさす。「風流棚」はみやびやかな装飾を施した棚。車といい、籠・棚といい、もともと世間の実用に供するものである。芭蕉の、

風流のはじめや奥の田植うた

という句も、田植という実用に関して詠われたものであった。

それに対して「風雅」は同じく世間一般では〈俗を離れてみやびやかなこと〉であるが、こちらは「風雅車」や「風雅棚」といった熟語を生んでいない。それもそのはずで、「風雅」は孔子の編といわれる中国最古の詩集『詩経』に源を発する語である。『詩経』の大序に詩を六種類に分類し、それを六義《りくぎ》とした（柳沢吉保が江戸に造った名園・六義園はこれに因む）。その六義とは、賦《ふ》・比・興《きよう》・風・雅・頌《しよう》。賦は感想を

そのまま述べたもの、比は喩えを用いて感想を述べたもの、興は外物に触れて感想を述べたもの、風は民間に行われる歌謡、雅は王室の饗宴の音楽に用いられる詞藻、頌は祭祀にあたって祖先の徳を褒めたたえる歌詞である。

このうち前三者は修辞法に関わるもので、内容に関しては後三者。『詩経』はこの「風・雅・頌」の三つに分けて編集されている。このうちの二つを「風雅」と並称して『詩経』そのものをさす語となり、のちに詩歌そのものを「風雅」と言うようになった。更には芸術全般をもさすこととなる。

芭蕉が「予が風雅は夏炉冬扇のごとし。衆にさかひて用ゐる所なし」などと、しばしば「風雅」を「俳諧」と同義に用いているのは、俳諧を単なる言葉の遊びから高度な詩に至らしめようとする意図があったからであろう。

「風狂」は風雅に徹すること。もとは「瘋狂」と記し、常軌を逸するがごとくに見える病気のことで、それに罹った病人その人についてもこう呼んだ。風雅に徹する余り、世間一般から見ると常軌を逸したように見えるというわけだが、蕉門では俳諧の理想的な境地とされ、俳諧と同義にも用いられた。

「風流」「風雅」「風狂」、いずれも反対語は「世間・世俗」ととらえてよいが、そこからの離れようはその順に強くなると言ってよいであろう。

造《ぞう》化《か》

俳句用語としてとらえられているが、中国でも『列子』や荘子の『鬳斎《けんさい》口義』にも見ることができる。我が国では『古事記』にその記載をすでに認める。中国では宇宙の根源的な支配者的意味合いを持つ。一般的には「天地の万物を創造し、化育すること。また、造物主」を指す語句であり、転じて「造り出された天地。宇宙。自然。また、自然の順行」を意味する（『広辞苑』）。

この言葉が俳句において重要な意味を持つに至ったのは、芭蕉の出現を待ってからである。『笈《おい》の小文《こぶみ》』の冒頭で、

西行の和哥における、宗祇の連哥における、雪舟の絵における、利休が茶における、其貫道するものは一なり。しかも風雅におけるもの、造化に随ひて四時を友とす。見る処花にあらずといふ事なし。おもふ所月にあらずといふ事なし。

と芭蕉が謳ったのは有名だが、意味を汲み取る前に、この波が押し寄せるような迫力あるリズム感に圧倒される。

芭蕉は西行、宗祇、雪舟、利休という違ったジャンルの芸術の尊敬すべき諸先達の名前を挙げながら、その優れた世界が全て「造化に随ひて」成されたと結論付けてい

るわけである。どれほど人間が偉いといってみても、それは造化の広い土俵の上の話であり、それを逸脱したものは決して万物に潜む真の光を見ることはできないとする、つまり、「造化随順《ずいじゅん》」の心を説く。

「造化に随《したが》ひて四時を友とす」とは単に四季に親しむというような考えを越えて、大宇宙の惑星の運行のように、見えない創造主に操られながら公転しつつも、公転による折々の自然の変化に細心の注意を払うことで、そのふたつの有り様がより深く理解できることを示唆しているように思われる。

正岡子規は『病牀《びょうしょう》六尺』という亡くなる年に書いた本の八月七日のところに造化に触れた一文を書いている。

　草花の一枝を枕元に置いて、それを正直に写生して居ると、造化の秘密が段々分つて来るやうな気がする。

これは、「草花の一枝」の中に造化が存在すると同時に、その一枝は造化の中にあるのだということを述べている。草花を養っている空気や水、太陽の光と同時に、目の前にある一枝、それ自体が造化の神秘を宿しているのだ。まさに、写生とは造化を見極める仕事であろう。造化というのは宇宙的な広大な真の泉でありながら、そこに息づく生き物たちの細胞の奥、核の中に秘められている真と同価値なのであり、核を極めることがそのまま宇宙全体を解く鍵になっていると考えられる。

夏炉冬扇《かろとうせん》

夏の炉、冬の扇、どちらも時季にあわず役にたたないもの。無用な学問、才芸などをたとえて言う。芭蕉が森川許六《きょりく》にあたえた「柴門《さいもん》ノ辞《じ》」(許六離別ノ詞)のなかに、この語が出てくる。

「師が画は、精神徹《てっ》に入り、筆端妙をふるふ。その幽遠なる所、予が見る所にあらず」と許六の画をほめたあと、自分の俳諧をかえりみて、

「予が風雅は夏炉冬扇のごとし。衆にさかひて用ゐる所なし」

と言っている。あなたの絵にくらべれば、わたしが教えている俳諧など、「夏炉冬扇」のようなもの、世間の好みには合わず、役にはたちません、と謙遜しているわけだが、これは芭蕉自身の俳諧観をあきらかにした言《げん》と見ることができる。「衆にさかひて」が、大衆に迎合した俗俳などを意識においた言とすれば、自分の俳諧はそれとは別だ、という自負もうかがわれる。

「詩をつくるより田をつくれ」という言葉は、生活実用の側から文学へ投げかけられる批判であるが、文学の用は、むしろその無用性にこそある、というべきだろうか。老子に「無用の用」という言もある。芭蕉の俳諧観には、文学、芸術のもつそうした

「無用の用」についての深い認識があるように思われる。俳句は、はかないものだという思いもなく、得意になっている者からは出てこない認識である。

文学、芸術などはものの役には立たぬもの、世間実用の技から言えば、益のない、つまらぬものだ、ということを肯定しながらも、それ以外のなにものかであるのが文学、芸術のありかたなのだ、ということだろう。その点では、芭蕉がほめた許六の絵も同じことだ。ふたりともそれがわかっていて、無用の絵や俳諧をやっている。それでも俳諧がこの世にあり、自分に必要だとすれば、それはなんのためか、という問いは、文学、芸術にたずさわる者が自分に問うてみるべきことだろう。

なお、「夏炉冬扇」の語は王充《おうじゅう》の『論衡《ろんこう》』に「作無益之能、納無補之説、猶如以夏進炉、以冬奏扇。亦徒耳。」（無益の能をなし、無補の説を納《い》るるは、なほ、夏を以て炉を進め、冬を以て扇を奏《すす》むるがごとし。また、徒《いたずら》なるのみ）とあるのが出典とされている。各種辞典や注釈などでも「柴門ノ辞」とこれをあわせて書いているが、『論衡』がそのまま芭蕉にむすびつくとは考えにくい。あいだに近世儒者の書いたものなどがあってのことではないかとかねて思っていたが、近年刊行された尾形仂《つとむ》編『芭蕉ハンドブック』を見ると江戸前期の儒者林道春《どうしゅん》（羅《ら》山《ざん》）の『道観抄』に、『論衡』のこの箇所について、「ナニノ益ナキコトヲシ、用ニタタヌコトヲ云フハ、冬ノ扇夏ノ囲炉ナリ」という注のあることが指摘されている。

滑《こっ》稽《けい》

「コッケイなこと」「コッケイな人」などと普通に使う言葉であるが、漢字で書くと「滑稽」と妙にむずかしい。この落差そのものもコッケイであるが、俳句用語の「滑稽」は少しもコッケイではない。いや、コッケイなのではあるが、いささかコッケイではない。されども、やはりコッケイなのである。

俳句の源は俳諧である。俳諧とは「俳諧之連歌」を略した言い方で、近代に入ってこれを連句と称している。そして、俳諧とは滑稽と同義なのである。俳諧之連歌というと何かものものしいが、言いかえれば滑稽な連歌のこと。

連歌が本格的に上流階級の詩的遊戯として作られるようになったのは平安時代末からで、中世に最盛期を迎える。短歌の上の句（五七五）と下の句（七七）を別々の人が作る。二句で終るのを単連歌、五十句・百句と続けるのを鎖連歌という。内容的には勅撰和歌集の歌と同じく優雅を旨とする。

俳諧之連歌は貴族階級が権威を失う過程に歩調を合せるように興《おこ》り、武士・町民・農民など、いわゆる庶民が優雅ならざる卑近な事柄をも詠み込んで滑稽な連歌に仕立てたものである。江戸時代は三十六句で完結する歌仙（三十六歌仙に因む）形式が主流となった。その第一句目を発句《ほっく》といい、これが独立して後に俳句と呼ばれるようになるわけである。

春雨《はるさめ》にけぶる柳は優雅な連歌の世界。それに対して田螺《たにし》をつつく鳥は滑稽な俳諧の味ということになる。俳諧は旧来の優雅という美意識・権威を強烈に否定する精神の上に成り立っているのである。

そう考えると、たとえば芭蕉の、

旅に病んで夢は枯野をかけ廻る

の句にさえ、死の床にあってなお見所のない枯野をとぼとぼと旅する自分を夢見るおかしさがあり、蕪村の、

牡丹散って打ち重なりぬ二三片

という句も、散った花びらにまで美を見いだすおかしさがある。そのおかしみに一筋のもののあわれが通っていると、滑稽が単なるコッケイではいられなくなる。

近代俳句はその精神を忘れかけていたのだが、文芸評論家・山本健吉の「挨拶と滑稽」の説によって再び強く意識させられるようになった。

即《そっ》興《きょう》

だいぶ以前のことになるが、皆吉爽雨《みなよしそうう》氏が読売新聞に発表された短文にいたく心を打たれた思い出がある。氏が若い頃、俳句修行のために一人旅をした折、ある山宿でやはり俳句を嗜む年配の人とたまたま相部屋になった。夜遅くまで俳句のことを語り合った翌朝、その人は一足先に宿を出た。その時、別れの挨拶の意を込めた一句を口頭で示されたというのである。爽雨氏はそれに対するお返しの句を咄嗟に考えることができず、むなしく後ろ姿を見送るばかりであった。以来、一念発起していかなる場面においても即吟をなしうる修錬を積んだ。おおよそ、そのような内容であった。

山本健吉は俳句固有の方法として〈挨拶〉〈滑稽〉〈即興〉をあげたが、本の題名としては『挨拶と滑稽』であった。即興を軽視されたわけではなかろうが、挨拶・滑稽に比べると即興は一段低い位置を与えられているという印象は否めない。

考えてみると、挨拶・滑稽は句の内容にかかわるのに対し、即興はそれよりも〈いつ〉〈どこで〉〈どうして〉作ったかという、作句の事情や動機に関する事柄である。

事情や動機はどんな句にもある。しかし、それをいちいち句の中に詠み込んでいたら十七音では間尺《ましやく》に合わない。初心の人はよく「散歩道」「帰り道」とか「昼下り」

といった語を句の中で使いたがる傾向がある。そこから脱出することが俳句向上のまず第一歩であろう。

　しかしながら、「散歩道」「帰り道」の途上、「昼下り」のまさにその時に覚えた感興を十七音にまとめれば、それが即興なのである。その際、〈いつ〉〈どこで〉〈どうして〉などの要素を句の中に持ち込まなければ、誰でも即吟は可能である。

　ここで、ちょっとした秘訣を披露する。かつてある新聞社の編集部にいた知人からよく聞いたことば、「締切一番、内容二番」。新聞記事は鮮度が何より問われる。とりあえず書き上げよということだ（例外はむろんあることであろう）。

　俳句も同じ。というより、俳句はもっとそうではないだろうか。よく、長編小説などで構想三年、執筆十年などと謳われることがあるが、俳句では一句を作るのにそんなに時間をかけたらいくらいい句でも価値はなくなってしまう。

　どんな人でも、俳句を作る時には無意識ではあっても即興、即吟の精神になっているのである。それを自覚できるかどうかが、本物の俳人になるかならぬかの分れ目といってもいい。自覚した上で、若き日の爽雨氏のような心構えが持てればいうことはない。

かるみ

芭蕉によって提唱された俳風の一体。『三冊子』中に、

木のもとは汁も膾もさくら哉

この句の時、師のいはく「花見の句のかかりを少し心得て、軽みをしたり」と也。

とあるのが比較的初期の用例である。「花見」との前書を持つ一句は、花見の宴の様子で、（桜の）木の下に展げられたご馳走の「汁」にも「膾《なます》」にも落花が散り込んで、「さくら」だらけになっている楽しさを発句に仕立てたもの。おそらく元禄三年三月二日の伊賀上野小川風麦邸の実際であったのだろう。翁自ら「軽みをしたり」と自負しているわけだが、人生や感懐といった「重くれた」内容でなく、眼前の実景をさらりと詠みながら、当日のうきうきした連中の思いを余韻として伝えている。

尾形仂《つとむ》氏の説によれば、芭蕉は奥の細道の旅の中で「軽み」を思いついていた由で、「不易流行」と同じ底流から湧き出た俳風ともいえる。元禄五年二月杉風《さんぷう》宛書簡には、

（前略）与風所望ニ逢候而如此申候

鶯や餅に糞する縁の先

日比工夫之処ニ御座候。

と見え、この「工夫」こそ「かるみ」の実践と考えられている。「鶯」という和歌以来の伝統的「雅」の季題に対して「餅に糞する」という現実を取り合わせ、しかも貞門・談林にあったような、あえてなす「卑俗化」とは異なり、あくまでも日常の自然な姿のなかに、軽い驚きを感じようというものだ。さらに芭蕉没年にあたる元禄七年出版の『別座敷』序文には、

（前略）扨《さて》誹談を尋けるに、翁、今思ふ躰は、浅き砂川を見るごとく、句の形・付心ともに軽きなり。其所に至りて意味あり、と侍る。

とあり、明確に「かるみ」の方向性が語られている。

ところが、この日常的で平易な句風が、その後美濃派などの俳諧大衆化に大いに貢献し、俳諧の俗化の源ともなる。『山中問答』中の芭蕉の言葉、

俳諧の姿は、俗談平話ながら、俗にして俗にあらず。平話にして平話にあらず。その境を知るべし。

はすでにそこまで予感したものであったのかもしれない。

ところで、近代俳句においても、この「かるみ」に通じる句風もあるが、多くの場合、鑑賞者の解釈力不足によって「ただごと」と見過ごされる場合が少なくない。

わび・さび・しほり・ほそみ

いずれも芭蕉の俳諧理念を表現した標語。「わび」は特に芭蕉の人生と芸術を貫く根本理念と考えてよい。本来、失意窮乏《きゅうぼう》といった動詞「わぶ」の名詞形であるが、中世に至って隠者の精神的な生活感覚の中で一つの美意識にまで高められた。近世においては利休の茶の湯にその典型を見ることができる。芭蕉自身の行動に照らして考えれば、延宝八年、名利の地である江戸日本橋を去って川を隔てた深川の地への移住が、「わび」の実践の第一歩であったと考えてよいだろう。

次いで「さび」もまた中世的美意識の一つ。語源的には「荒（すさ）ぶ」、「寂（さび）し」といった語と関連して「閑寂・枯淡《こたん》」の世界を表現する語と考えられる。貞《てい》門《もん》や談林《だんりん》の都会的で明るい諧謔《かいぎゃく》の世界から一人抜け出した芭蕉は、

枯れ枝に烏のとまりたるや秋の暮

に代表される作句態度で閑寂・枯淡の世界へ踏み込み、やがて「古池」の句による蕉風開眼に到るが、その道程を導いた理念が「さび」であったと考えることもできる。「しほり」は「さび」と併称される蕉風の美的理念であるが、語源的には「しほり

（湿）」とも「しをり（萎）」とも考えられる。仮名遣いはそれぞれ異なるが、湿潤な感じ、あるいは、なよなよした柔らかな感じと考えることができよう。

『去来抄』によれば、「しほり」のある句として芭蕉は〈十団子も小粒になりぬ秋の風　許六〉の句を挙げたと記しているが、秋風のさぶさぶと吹く中に近年めっきり小粒になった十団子《とうだご》が置かれているさまは、しみじみとした「あはれ」がある。

最後に「ほそみ」は、古く歌論などにも「心ほそし」といった評語もあるが、前出『去来抄』には〈鳥共も寝入りて居るか余呉の海　路通〉を挙げて、「先師、此句細みありと評し給ひしと也」とあり、繊細な美的センスを表現する言葉と思われる。

以上、四語ともに芭蕉の人生的あるいは芸術的、美的理念を表す言葉でありながら、その本質はなかなかに極め難く、芭蕉没後さまざまの弟子たちの勢力争いのなかで、標語ばかりが一人歩きをして近世後期の俳諧を歪めていった趣もある。月並み宗匠たちが師系の喧伝に奔走し、あるいは不自然なまでに閑寂・枯淡を衒《てら》い風狂・風流を演じるなかで、俳句作品は「月並み風」と呼ばれる異臭を放つようになっていった。

近代、子規・虚子を中心とする日本派はその俳句革新にあたって、これらの消極的と思われがちな「標語・理念」をあえて否定し、蕪村に見られる具象性・明快さといった積極美を推奨、旧派一掃の論陣を張ったが、芭蕉そのものを否定したわけではなかった。

俳《はい》意《い》

『去来抄』には、

夕涼み疝《せん》気《き》おこしてかへりけり　去来

予が初学の時、ほ句の仕やうを窺けるに、先師曰、「ほ句は句つよく、俳意たしかに作すべし」と也。こころ見に此句を賦して窺ひぬれば、又是にてもなしと、大笑し給ひけり。

とあり、

去来曰、「先師は門人に教給ふに、或は大に替りたる事あり。譬《たと》へば、予に示し給ふには、句々さのみ念を入るゝものにあらず。又、一句は手強く、慥《たしか》に俳意作すべし、と也。凡兆《ぼんちょう》には、一句僅に十七字、一字もおろそかに置べからず。はいかいもさすがに和歌の一体也。一句にしほりのあるやうに作すべし、と也。是は作者の気性と口質《くちぐせ》に寄りて也。悪敷《あしき》心得たる輩は迷ふべきすじ也。同門のうち、是に迷ひを取る人も多し」

ともある。

「俳意」とは字義からも想像されるように、「俳諧らしさ」の謂いではあるが、「つよく」とか「手強く」といった言葉と共に使われていることから、「積極的」で「ある新しさ」に満ちているものであったと考えていいだろう。去来には「俳意」を強調した芭蕉が、凡兆には「さすがに和歌の一体」と言い「しほりある」とも言う。つまり凡兆には「俳意」より「しほり」を注意したと考えてよく、それぞれがおよそ反対概念であったと推察される。歴史的に考えるなら宗鑑《そうかん》・守武《もりたけ》以来の「和歌」的「純正連歌」的なものから「俳諧」を独立させる要素が「俳意」であったろうし、松永貞徳の唱えた「俳言」の有無も「俳意」を具体的に示したものと取ることもできよう。但し「痴気」の句では滑稽が過ぎて「大笑い」になってしまったのであったが。

ところで明治以降、和歌の世界もまた漢語、ときに西洋語をも許容し、近代短歌として新生した以上、「和歌的なもの」を対立概念としていた「俳意」の語はややピントのずれた語となってしまう。そこで近代俳句はまさにこの「あらたなる俳意」の追求という歴史を歩むこととなるのであるが、さしあたり現代的な「俳意」とは尾形仂氏のように「新しい人生と世界の発見をめざした、反伝統的・反日常的視角による把握・発想」(『俳文学大辞典』)と考えておくのが一番無理がない。

昭和三年、高浜虚子の唱えた「花鳥諷詠」も、一見「俳意」の追求と反対の志向に受け取られがちだが、季題の詳細かつ厳密な把握を通しての宇宙との一体感の感得という側面を考えると、「現代的な俳意」追求の一つではあるのだ。

連句《れんく》（歌仙《かせん》）

「俳諧之連歌」略して「俳諧」を、明治以降「連句」と呼んでいる。五七五の長句と七七の短句を連ねていく形式で、長句短句合わせて三十六句から成るものを「歌仙」と呼び、芭蕉七部集を最高峰として、今日まで最も一般的に行われている。
「発句は文学なり、連俳は文学にあらず」と断じた正岡子規の俳句革新の要諦《ようてい》は、連句から発句のみを取り出し、これを俳句という名の新しい文学とすることにあった。残された連句は、旧派の流れを汲む人々や一部の愛好家によって静かに守られてきた。印刷媒体による発表・享受になじみにくいことも、連句が近代文学として展開しにくかった要因だろう。連句は連衆としてその場に参加してこそ妙味がある。まさしく「座の文芸」なのである。

連句への関心は、俳人以外の人々によって鮮やかに示されることが少なくない。

鳴る音にまづ心澄む新酒かな　夷齋
木戸のきしりを馳走する秋　流火
月よしと訛うれしき村に入り　信
どこの縁にも柳散る朝　才一

これは、石川淳（夷齋）、安東次男（流火）、大岡信、丸谷才一による「新酒の巻」（『歌仙』〈青土社〉所収）の発句から第四句。連衆四人の座談による解説がついていて、読者も付合の面白さを共有できる。彼らが連句に興味を示すのは、個人主義に縛られた近代文学へのアンチテーゼとして、その豊かな可能性に期待するからだろう。

五月雨をあつめて涼し最上川　芭蕉

岸にほたるをつなぐ舟杭　一栄

これは『おくのほそ道』の道中、最上川に臨む高野一栄《いちえい》邸に招かれて巻いた歌仙の発句と脇である。芭蕉は「涼し」に亭主への挨拶の意を込め、一栄は客人を蛍に見立てて歓迎した。芭蕉がのちに「涼し」を「早し」と改めて『おくのほそ道』に収めたことはよく知られている。この改案によって、芭蕉は自らの発句から脇以下を切り離し、一人の詩人として自然に向きあうことになった。

近代俳句もまた、連句の脇以下を切り捨てることによって成立している。それは「座の文芸」の否定にほかならないのだが、実際には「座の文芸」の根はしたたかに残っている。そうでなければ、山本健吉のいう「挨拶、滑稽、即興」は近代俳句とは無縁のものとなる。連句という形式をとらなくとも、読み手との交響を求めるのが俳句である。連句を知ることは、俳句の固有性のルーツを探るための多くの示唆を与えてくれるだろう。

平《ひら》句《く》

平句というのは、連句の発句《ほっく》・脇《わき》・第三および挙句《あげく》以外の句のこと。連句は正式には「俳諧の連歌」といい、略して「俳諧」ともいわれた。数人か作者が五七五の長句と七七の短句を付け合って、五十韻なら五十句、歌仙なら三十六句をもって一巻とする。

正岡子規は、このようないわば共同芸術の性格を持つ連句を否定し、発句を独立させて俳句という名称を与えた。発句は連句の第一句目であり、一巻の冒頭に置かれることを意識して作られる。近代の俳句はその意識が失われているぶん、表現領域が広がったという面はあるのであるが、発句としての力強さや格調という点では差が出てくるのも自然のなりゆきであろう。

発句には季語を入れ、切字を用いて、単独の作品として見ても十分に鑑賞に耐え得る独立性とともに、巻頭の一句たる格が備わっていなければならない。脇・第三もそれに応じて、ある程度の風格を要求されるが、四句目から挙句（最後の句）の前の句まで、すなわち平句はかなり自由な雰囲気で付け合ってゆく。切字《きれじ》は発句以外では用いないのがふつうである。

連句では場面を転じ、一巻にさまざまな変化をつけなければならない。春の発句で始まった連句でも、進むにつれて冬や秋、夏の句を織り交ぜてゆく。また、季語を入れない句もまじえなければならない。季語を入れた句を季の句といい、入れない句を無季の句とか雑《ぞう》の句という。こう見てくると、切字を使わないで新しみを出そうとする「俳句」や、季語にとらわれない「無季俳句」は、性質は違うとはいえ、すでに連句の中にあったということもできよう。

近年、連句は静かなブームとなっている観もあるが、経験している人はそう多いとは思えない。発句と平句の違いを身をもって知るためにも、連句を試みることは必要ではないのだろうか。

芭蕉七部集『炭俵』から平句を少し引用しよう。

日のあたる方はあからむ竹の色　孤屋
ひつそりと盆は過《すぎ》たる浄土寺　利牛
辛崎へ雀のこもる秋のくれ　其角

アトランダムに長句だけ書き抜いてみた。俳句のように見えるけれども、あくまで平句である。連句の中でこのような句ができたとしても、これを改めて俳句として発表するといった愚を犯してはならないことは言うまでもない。

恋《こい》の句《く》

連俳《れんぱい》用語。連句において月の座・花の座に次いで大切にされた要素。ただし月・花ほど場所の制限は強くなく、たとえば歌仙の場合で言えば、初折裏《しょおりうら》の何処かと名残の折の表の何処かにあればよかった。ただし初裏折立《しょうらおりたて》などに「恋」を出すと「待ちかねの恋」と言って嫌われた。連句の中で「恋の句」が重んぜられた理由は、「恋」が人情の最上親切なものであるという認識によるが、たとえば『古今集』二十巻の部立てを考えてみても、巻一から巻六までが「四季」の歌であるのに対して、巻十一から巻十五までの五巻を「恋」に費やしている点からも、その文学上の重要さを推し量ることができよう。

「恋の句」は当初「恋の詞」があればよしとされたようで、そのことは『毛吹草《けふきぐさ》』で「契・むつこと・いもせ・かこつ・しうねき」等を「連歌恋之詞」として登録し、「夫婦・けしやう・後妻・高野六十・金輪に火ともす」等を「俳諧恋之詞」として登録していることからもわかる。ところが蕉門にいたると「むかしの句は、恋の詞を兼而《かねて》集め置き、その詞をつづり、句となして、心の恋の誠を思はざる也」（『三冊子』）と実際の人情に即した「恋の句」を心がけるようになった。特に芭蕉その人は「恋の句」の

名手と目され、数々の名句を詠んだ。例えば、

足駄はかせぬ雨のあけぼの　越人
きぬぎぬのあまりかぼそくあてやかに　芭蕉（「曠野」厂がねの巻）

「足駄はかせぬ」を通ってきた男にもう少し居て欲しい女の情と見立て、しみじみと語り合う後朝《きぬぎぬ》の優美な静かさを描いている。特に「あ」音の繰り返しに対して「あ」音の繰り返しで応じている点も周到。

さまざまに品かはりたる恋をして　凡兆
浮世の果は皆小町なり　芭蕉（「猿蓑」市中の巻）

「品かはりたる恋」から小野小町を連想し、特に後年の零落《れいらく》した姿を描くことで、一連の「小町もの」の能の舞台も余韻として感じさせる。

上をきの干菜刻むもうはの空　野坡
馬に出ぬ日は内で恋する　芭蕉（「炭俵」振売りの巻）

「干菜《ほしな》刻む」女の位を見定めて、「馬方」の恋人を描出《びょうしゅつ》。さらに前句の「う」の音の頭韻《とういん》を付句でも引き受けて、二句に張りを与えている。

「俳諧においては老翁《ろうおう》が骨髄」との芭蕉の自信は、これら「恋の句」においてこその感が深い。

述懐句《じゅつかいく》

述懐（じゅっかい・しゅっかい）とは、心中のおもいを述べることをいう。俳諧で述懐句という場合、ことに、世を恨み、老や貧をうれいなげくなど、つらく悲しいおもいを述べた句を意味した。往昔《おうせき》、年寄、白髪、親子、浪人、命、うき世、姥《うば》、隠居、隠者、遁世《とんせい》、墨染《すみぞめ》、侘住《わびずまい》、零落、其日過《そのひすぎ》、不仕合《ふしあわせ》、世捨人《よすてびと》、渡世《とせい》、借銭《しゃくせん》、遠忌《おんき》などなど。

現在では、心境俳句、境涯俳句の一部と重なることも多いと考えていいだろう。

旅に病で夢は枯野をかけ廻る　芭蕉

今生は病む生なりき烏頭　石田波郷

病の句。前句は、〈野ざらしを心に風のしむ身哉〉とも詠んだ漂泊風雅の人、芭蕉の最期のものだ。「病中吟」の前書がある。『笈《おい》日記』にその経緯が詳しい。旅先の危篤状態の病床での夢は、なおも枯野をかけめぐる夢。それはまた、俳諧一途の旅であり、真からの旅の詩人のおもいであった。

衰《おとろひ》や歯に喰あてし海苔の砂　芭蕉

花守や白きかしらをつき合せ　去来

老《おい》の句。前句、海苔を食べていて、砂を嚙みあてたその瞬間、急に老いのもの悲しさが感じられたのである。

後句は、芭蕉に「さび色よくあらはれ、悦び候」と言われた句（『去来抄』）。

ふるさとや臍の緒に泣《なく》年の暮　芭蕉

親子の句。芭蕉は伊賀の生家に帰郷した。保存された自分の臍《へそ》の緒を見て、懐旧の念を強くし、父母の慈愛に泣くのだった。年の暮れに、無常迅速の感も深まる。

露の世は露の世ながらさりながら　一茶
湯豆腐やいのちのはてのうすあかり　久保田万太郎
百方に借あるごとし秋の暮　石塚友二
地の涯に倖せありと来しが雪　細谷源二

うき世、命、貧、幸・不幸などの句。一句目・一茶の句、『徒然草』にもあるように、露は「あはれ」とされていた。子供を亡くしたときの悲嘆の句である。

すでに見てきたように、俳諧の述懐句の構成要素はまた、相互に関連しながら、おもいの深さとなってゆく。

さらに、古来の連歌、俳諧の述懐句に見られる要素とは異なる述懐的な句も考えられよう。

本歌取《ほんかど》り

「本歌取り」とは、著名な古歌の一部を取り入れてイメージや情趣を深め、余韻を豊かにする和歌の技法。古くからあったものだが、藤原俊成《としなり》が意識的に実践をはじめ、その子定家《ていか》が確立して『新古今集』以降重要な詠法となった。

この技法が連歌、俳諧にも受け継がれた。

有名な例をあげてみよう。

世にふるは苦しきものを真木の屋にやすくもすぐる初時雨かな

二条院讃岐《にじょういんのさぬき》のこの歌を本歌として、讃岐より三百年くらい後に活躍した宗祇《そうぎ》は、

世 に ふ る も 更 に 時 雨 の 宿 り か な

という連歌の発句を詠んでいる。

讃岐の和歌は、この世に生きる苦しさに対して板葺きの屋根をやすやすと降り過ぎてゆく時雨《しぐれ》を配していたが、宗祇は、その時雨をもこの世を過ごすはかなさを誘うものとして詠い上げた。

芭蕉はその宗祇よりさらに二百年くらい後に活躍した人だが、宗祇の発句を本歌として次のような俳諧（連句）の発句を作った。

世にふるもさらに宗祇のやどり哉

宗祇が時雨の宿りと詠ったが、まことにこの世を過ごすことはわびしくはかないことであるという意である。

こういう技法は、本歌になった作品が広く世に知られているものでなければならない。本歌が和歌でなく連歌や俳諧の発句、また近代の俳句であっても、「本句取り」という言葉はないので「本歌取り」と言う。作者がその本歌となる作品を熟知しているることはもちろんのこと、読者も当然、本歌である和歌や発句、俳句を認識しているということが本歌取りの前提である。多くの人たちの共通認識の上に成り立つ技法で、現代の俳句にとっても、魅力ある技法のひとつと言っていい。

しかし、作者の側に高い志があって、本歌の一部を取り入れつつも、本歌を凌ぐ境地を目指している作品でないと、単なる物真似になったり、盗作になったりしてしまう惧《おそ》れがある。初心の人が手を伸ばすべき分野ではない。

しかし、俳句の季語そのものが、じつは厖大《ぼうだい》な本歌群であるということもまた事実である。たとえば「桜」で一句作ろうとすれば、日本文学史に残るあらゆる桜の歌や句をわれわれは背に負わせざるを得ないのである。ゆめおろそかに一句をなすべからず。本歌はいたるところにある。

雑《ざっ》俳《ぱい》

俳句から派生したジャンルに雑俳がある。俳諧の入門練習のため、早くから「前句《まえく》付《づけ》」（前句七七に対し五七五を付ける）が行われていたが、やがて発句《ほっく》の上五《かみご》の題に七五を付ける「笠付《かさづけ》」が大坂の堀内雲鼓《うんこ》によって元禄年間に創始され、一世を風靡《ふうび》しジャンルとして確立した。後世、こうした俳諧を源とした遊興《ゆうきょう》を「雑俳」と呼ぶようになった。前句付、笠付を代表とし、その他に折句《おりく》、中付、沓付《くつづけ》、五文字、段々付、回文などが生まれた。前句付はやがて、付句だけが独立した（いわゆる「一句立て」の）狂句となり、柄井川柳による川柳点狂句、すなわち「川柳《せんりゅう》」が好評を受け普及した。江戸後期雑俳は、もっぱら笠付と川柳が流行したと見てよい。しかし、雑俳は地方でも隆盛であり、地方色を強めた形式が幾つも生まれた。伊勢笠付、尾張狂俳冠句《きょうはいかむりく》、肥後狂句、土佐テニハなどはその代表である。

ぼた餅のくせにきなこをたんとつけ　（川柳）

桜／ちらちらと来て盃に浮く興　（土佐テニハ）

現代俳句との関係で特に注目すべきなのは「川柳」であり、その五七五という俳句と全く同一の形式に対し、何をもって独自性とするかという問題が長らく論じられてきた。穿《うが》ち・滑稽・人事性・無季・切れのないことなどがその特殊性とされたが、近代俳句が各種の制約から外れると共に、その差異は不明となってきた。特に戦前の無季新興俳句が反戦的な内容を詠むようになり、反戦川柳と軌《き》を一にして官憲から弾圧されたところから、その強烈なメッセージ性はやはり共通性を持つと言わざるを得ない。

玉音を理解せし者前に出よ　渡辺　白泉
高梁の実りへ戦車と靴の鋲　鶴　彬

現代にあっても諧謔《かいぎゃく》味の強い伝統的な川柳が主流であると言うものの、大西泰世、樋口由紀子、荻原久美子などの作品は俳句作品と十分拮抗《きっこう》し得るものとなっている。

恋文をひらく速さで蝶が湧く　大西　泰世
蟬よりも激しく哭いて母を越す　樋口由紀子
寂しさに午前と午後のありにけり　荻原久美子

一方、江戸の雑俳の研究も宮田正信、鈴木勝忠らにより進んで、俳諧の陰に隠れていたが、江戸の民衆の圧倒的支持を受け、沈滞化した俳諧を凌《しの》ぐ活発な活動が行われていたことがわかってきた。選者見ず知らずの作者の作品が集められ、募集広告・選句・結果の印刷製本配布が行われる雑俳システムは、今日の結社誌の原形に近い。当時月三回、毎回一万句の作品を集め選句・板行が行われたというから、現代のインターネット並みのスピードと処理量であった。

等《とう》類《るい》

和歌・連歌・俳諧用語。一句の要点が先行の作品と類似していること。古来、戒《いまし》められてきた。

たとえば、『毛吹草《けふきぐさ》』では、「すでに句作出来侍《はべ》らば先《まず》過去の句の俤を能《よく》吟味有べし。其たしなみうすき人は度々等類をのがれずといへり」と述べている。「等類」には、大きく分けて二種類ある。一つは、「発想」の類似で、もう一つは「表現」の類似である。

『毛吹草』では、「発想」の類似自体を、強く戒めている。「花の作意を紅葉に取かへ、鶯《うぐいす》を郭公《かっこう》にいひかへて、其姿詞はちがふとも、心のひとつなるは詮なし」。

それに対し、芭蕉の等類観は異なる。「芭蕉の等類観小考」(『初期俳諧の展開』)の中で、乾裕幸《いぬいひろゆき》は次のように論考している。「自己一人の体験が不易なるものと同一化して詠み出された句においては、趣向・句作りに聊《いささ》かの工夫さえあれば、『心・言葉少もかはらぬ共等類にあらず』とされたわけであった」。

「不易なるもの」＝「本意」を正しくとらえたものであれば、古人の句と通う部分があっても、「等類」として、一律に斥《しりぞ》けるべきではない。この芭蕉の等類観を、乾は、「連俳文学の本質的な問題と絡み合っているのであり、いうなればその不易流行論と関連して、芭蕉の古典との対決姿勢を如実に示すもの」と考えている。それは、自己模倣の問題であった。

芭蕉の「等類」観では、無視できないポイントがもう一つある。それは、「師のいはく『他の句より先我が句に我が句、等類する事をしらぬもの也』」（『三冊子』）。これは、表現者として、自分自身への厳しさがうかがえる言葉だ。

『三冊子《さんぞうし》』『去来抄』などで触れられているエピソードは有名である。

清滝や浪にちりなき夏の月　芭蕉

芭蕉は、この句が、自作の〈しら菊の目にたてて見る塵もなし〉と「ちりなき」の部分の表現が類似しているため、

清滝や波にちり込青松葉　芭蕉

に改めたという。

客観的に考えれば、「ちりなき」「塵もなし」レベルの表現の類似は、実作の過程でよくあることだ。しかしながら、芭蕉は、過去の自分の作品をなぞることが許せなかった。

推敲された作品は、「ちりなき」が「ちり込《こむ》」になっている。「塵」から「散り」への発想の転換は、真っ青な松葉のイメージを呼び寄せ、清新な作品に仕上がっている。

類想《るいそう》・類句《るいく》

誰でも一度は句会に出した自作に、「これは先人の句によく似ているので、いわば類句です」などと評されたことがないだろうか。また、吟行をした後の句会で、披講される俳句に「私と同じような句だわ」と感じられた経験をお持ちの方も少なくないと思う。吟行の後では似た素材や表現方法を取っていることがある。

この原因のひとつに、俳句が有季定型という枠組の中で作られていくことが多いという、俳句自体が持つ因子がある。十七文字の中に折々の季語を入れると、残った字数に制限がかかってくる。その僅かな余地に作者の思いを乗せていくわけであるから、自然と類似した内容になることが多い。

作り手の側の因子として、類想にはいくつかのパターンがあると思える。

まず、知識が邪魔をする場合。常識的な把握が類想を呼ぶことがある。「西瓜《すいか》を切れば太陽のように赤い」「鈴虫は翅《はね》を震わして鳴く」などというように、科学的な知識が一句を支えている場合は、誰もが誤った表現を避けようとするあまり類想をもっとも生みやすい。常識や知識は俳句には重要ではないのだ。これを仮りに知識的類想としよう。

次に人間として感じること、つまり感情移入の方法が類似しているという問題がある。「母が小さくなり悲しい」「捨て犬が雨に濡れていて辛かった」などの類《たぐい》で、感情的類想と呼んでおく。また、これに近いものだが、人間として見て美しい物、聞いて心地好い音、食べておいしい品が似ているということからくる類想で、生理的類想とでもしよう。「朝露の茄子はみずみずしい」「ピアノが雨垂《あまだれ》のようで眠くなった」「母の手料理はふるさとの味がする」という具合である。

さらに結社によって好まれる表現方法があり、皆がそれを多用するあまり韻律に類似感が生まれることがある。これは結社的類想といってよいかと思う。また、自己の過去の作品をなぞった自己模倣作品も広義の類想に加えてよい。

樫の木の花にかまはぬ姿かな　芭蕉
桐の木の風にかまはぬ落葉かな　凡兆

この二句に対して『去来抄』で、其角《きかく》が凡兆の作は「等類《とうるい》」（他の句と類似した着想や表現）だと主張し、去来は「同巣《どうそう》」（先人の手法を借りて別な素材を取り上げること）であると弁護したことはよく知られているが、この二者の峻別は難しいものがある。ちなみに『旅寝論』では凡兆の句は「等類」として批判されている。

類想、類句を避けるためには、先人の句を十分に読みこなし、実際の吟行では人の見ぬところを見、出来た句を先輩に見てもらうのも防御策の一つであろう。

II 俳句史

明治俳句《めいじはいく》

明治俳句の初期は、一八七四年（明治七）月の本為山《つきのもといざん》らが俳諧教林盟社を組織し、三森《みもり》幹雄、鈴木月彦らが俳諧明倫講社を結成した。ともに新政府の教導職であり、俳句による国民教化を図った。また、一八七二年（明治五）太陽暦（新暦）が採用され、俳句にもその影響が及ぶ。

一八九〇年（明治二十三）、尾崎紅葉ら作家仲間による談林調の紫吟社《むらさきぎんしゃ》の新しい動きもあった。その延長に、一八九五年（明治二十八）秋声会《しゅうせいかい》が発会。角田竹冷《つのだちくれい》、岡野知十《ちじゅう》らに紅葉《こうよう》らが合流。遊俳《ゆうはい》という自由洒脱な風趣に特色があり、一時は正岡子規の日本派と新派を二分した。知十は後に「半面」を刊行し、新々派・半面派を唱える。

深山木や斧に湿ふ秋の雲　尾崎紅葉

本格的な明治俳句は、正岡子規の登場により展開する。子規は一八九一年（明治二十四）「俳句分類」に着手。一八九三年（明治二十六）日本新聞社に入社し、新聞「日本」紙上に漸次《ぜんじ》、俳句革新の言を説く。芭蕉神格化の否定、発句を俳句として独立させる、写生の方法の導入など。また、子規は俳句の多様性の認識等から蕪村を再評価した。

鶏頭の十四五本もありぬべし　　正岡　子規

子規は一九〇二年（明治三十五）没。その後、子規門の虚子と碧梧桐《へきごとう》の双璧が対立する。碧梧桐は新聞「日本」の子規の俳句欄選者を承継。大須賀乙字《おつじ》、荻原井泉水《せいせんすい》などの俊秀を擁した。大須賀乙字は一九〇八年（明治四十一）、「俳句界の新傾向」を発表。碧梧桐ら新聞「日本」の俳句に隠的暗示の法、季題の象徴があると説いた。「新傾向俳句」の主張である。碧梧桐は一九一〇年（明治四十三）、「無中心論」を提唱。それは、題材に手を加えて中心を作ったりしないという論であった。

赤い椿白い椿と落ちにけり　　河東碧梧桐

疎かりし隣に遊ぶ冬至かな　　大須賀乙字

虚子側はといえば、すでに一八九七年（明治三十）、子規の友人・柳原極堂《きょくどう》が松山で「ほとゝぎす」を創刊。日本派の子規一派の機関誌的なものだったが、翌年東京に移管し、高浜虚子により「ホトトギス」として発行される。一時、夏目漱石作品などを掲載し、文芸雑誌として隆盛したが、一九一二年（明治四十五）虚子選を復活。俳句誌として新生する。

桐一葉日当りながら落ちにけり　　高浜　虚子

月並俳句《つきなみはいく》

正岡子規は明治二十年代の半ば、写生の手法をもって俳句を革新した。その時排撃したのが、幕末から明治にかけて盛行していた低俗陳腐な旧派の俳句。これを月並俳句とか月並調と呼んだ。月並とは、月ごとにあること。旧派の各句会が月に一度開かれていたので、それを月並句会（今で言えば月例《げつれい》句会）と称していたことによる。従って、もともと月並という言葉には悪い意味はなかった。子規が月並俳句と名づけて批判して以来、「月並な」という形容動詞も派生し、新鮮さや珍しさがなく、決まりきったありふれたものを蔑《さげす》む場合に、広く一般にも使われるようになった。

では、どんな俳句が月並だというのであろうか。子規の『俳句問答』には次のように説かれている。

一、月並派は感情ではなく智識に訴えようとする。
二、月並派は発想の陳腐を好み新奇を嫌う。
三、月並派は表現の懈弛《たるみ》を好み緊密を嫌う。
四、月並派は洋語を用いず、漢語や雅語もあまり使わない。
五、月並派は系統や流派を重んじ、その派の開祖やその伝統を受けた人たちの作品を、佳作であると否とを問わず無比の価値あるものとする。

右の一～三の例としてあげられているのが、次の三句である。

蔵建つる隣へは来ず初乙鳥《つばめ》　鶯立

黄鳥《うぐひす》の初音や老の耳果報　蓬宇

日々に来て蝶の無事をも知られけり　幹雄

一句目は、燕は富を喜ばず貧を楽しむものだという智識に訴えたもの。二句目は、誰でも感じることを今更のように述べた例。三句目は、「をも」を加えて持ってまわったたるんだ表現にした例。智識といっても大したものではなく通俗的。発想も普通の人が普通に思いつくものと同じ。表現も引き締まったところがなくねちねちと作る。共通して言えることは、洗練されたあかぬけたところがなく、その上「だから」という要素が潜んでいて理屈っぽいことである。

近代俳句は月並俳句から脱出することから始まったといってもいい。「ホトトギス」では大正五年から六年にかけて内藤鳴雪《めいせつ》・高浜虚子によって「月並研究」の座談会を連載、これは単行本にもまとめられた。しかし、ホトトギス派の平板な写生句は「新月並」と呼ばれた。

月並俳句は、分かりやすく受け入れやすい。月並俳句からの脱出は俳句にとって永遠の課題であると言えよう。

山《やま》会《かい》

俳誌「ホトトギス」で行われた文章会の名称。「ホトトギス」では明治三十一年、東京移転の頃から「写生文」熱が盛んになり、正岡子規を先頭に、俳句に用いた「写生」の手法を散文でも試みた。高浜虚子の初期作品「浅草寺のくさ〴〵」は文語調の俳文であったが、すぐに言文一致体に移行。現在我々が普通に用いている「口語文体」の創出に大いに貢献した。

「山会」の呼称は子規の「文章には山（クライマックス）が必要である」という考えに添ったものであるが、虚子は必ずしも「山」にはこだわらない傾向があった。なお「山会」で朗読されて評判の良かった作品は「ホトトギス」に掲載、そうでないものは掲載されないという暗黙の了解もあった。歴史的に見ると子規以降、何回かのピークがある。

その第一期は子規枕頭《ちんとう》に集まった俳人たちによるもので、子規・河東碧梧桐《かわひがしへきごとう》・坂本四方太《しほうだ》・寒川鼠骨《そこつ》など。第二期は子規没後の子規庵および富士見町のホトトギス発行所に集まった人々の時代で、第一期の人々に伊藤左千夫・長塚節《たかし》・寺田寅彦・鈴木三重吉・野上弥生子を加えたメンバーが主である。特にこの時期、夏目漱石の「吾輩は猫である」が大評判を得たことは重大で、のちの文豪漱石誕生のきっかけとなった。その後、漱石は「坊っちゃん」の書き下ろし掲載を経て朝日新聞と専属契約を結び、山会では、その門下生たちが活躍することとなった。

第三期は牛込船河原町のホトトギス発行所に集まった時代で、大岡龍男《たつお》・池内たけし・真下喜太郎《きたろう》・高浜年尾・篠原温亭《おんてい》といった虚子の「身近」の人々の参加が始まった時期でもあった。第四期は丸ビルに発行所が移ってからのもので、赤星水竹居《すいちくきょ》・大岡龍男・水原秋櫻子《しゅうおうし》・富安風生《ふうせい》・山口青邨《せいそん》・佐藤漾人《ようじん》など、いわゆる「四S時代」の人々が中心となって活躍した。

第五期は終戦後鎌倉の虚子庵で行われた時代で、山口青邨・大岡龍男・佐藤漾人・池内たけし・真下喜太郎・京極杞陽《きよう》・高浜年尾・深川正一郎、さらには、武原はん・下田実花などの女流も参加した。一方、虚子の次女、星野立子の雑誌「玉藻」では「娘山会」と称して気の合った仲間たちが文章修業を開始したが、虚子はその指導にも熱意を示した。虚子没後も山口青邨を中心に継続、高浜年尾・成瀬正俊・杉本零・柴原保佳《やすよし》らが活躍した。現在も「ホトトギス」主宰稲畑汀子《いなはたていこ》を中心に継続されている。

子規以来の膨大な作品群の一部は『現代写生文集』『ホトトギス名作文学集』などで垣間見ることができる。なお『名作文学集』所収の島村はじめ「山会の記」は「山会」での文章論議を記録したもので意義深い。

大正俳句《たいしょうはいく》

大正俳句は雑誌中心の発表形式となった。明治の新聞媒体からの推移である。一九一二年（大正元）頃より、季題を超越した俳句自由律化の動きがあった。「層雲《そううん》」は新傾向俳句の機関誌であった。が、河東碧梧桐《かわひがしへきごとう》は、無中心論を展開し、季題無用論を提唱。定型否定論にまで進んだ。やがて内部分裂で同誌を離脱。その後の「層雲」の荻原井泉水《せいせんすい》は一九一四年（大正三）頃より自由律を主張し、季題、定型を否定。俳句を象徴詩ととらえた。井泉水門から、尾崎放哉《ほうさい》、種田山頭火《さんとうか》ら個性的な俳人が輩出した。また、一九一五年（大正四）「海紅《かいこう》」を創刊した碧梧桐や中塚一碧楼《いっぺきろう》も季題、定型を否定。一碧楼の句は口語自由律化する。一九二二年（大正十一）またも碧梧桐は同誌を離脱した。

蕪赤き里隣る砂利を上ぐる村　河東碧梧桐
空をあゆむ朗々と月ひとり　荻原井泉水
無産階級の山茶花べたべた散るにまかす　中塚一碧楼

一方、「ホトトギス」一九一三年（大正二）一月号で、高浜虚子は新傾向俳句に反対し、平明で余韻ある俳句を唱導した。そして、守旧派宣言をし、一九一五年（大正四）から二年がかりで、「進むべき俳句の道」を執筆。当初、渡辺水巴《すいは》、村上鬼城《きじょう》、飯田蛇笏《だこつ》、前田普羅《ふら》、原石鼎《せきてい》ら五家の、主観的で格調ある作品を推奨した。

日輪を送りて月の牡丹かな　渡辺　水巴

冬蜂の死にどころなく歩きけり　村上　鬼城

芋の露連山影を正しうす　飯田　蛇笏

人殺すわれかも知らず飛ぶ蛍　前田　普羅

花影婆娑と踏むべくありぬ岨の月　原　石鼎

虚子は大正中期から客観写生を強調。一九二二年（大正十一）より西山泊雲《はくうん》、鈴木花蓑《はなみの》らの純客観写生の句を重用した。が、「ホトトギス」作品の停滞の時期だった。

この時代、「ホトトギス」や新傾向・自由律俳句と異なる中間的な立場があった。一九一五年（大正四）創刊「渋柿」の松根東洋城《とうようじょう》、一九二〇年（大正九）創刊「同人」の青木月斗《げっと》、一九一五年（大正四）創刊「石楠《しゃくなげ》」の臼田亜浪《あろう》などである。東洋城は物心一如《ぶっしんいちにょ》、月斗は情を根本とする詩、亜浪は俳句道即人間道を唱えた。

蝸牛の遠く到りしが如くかな　松根東洋城

雨よ風よ四十二の厄と戦はん　青木　月斗

木曾路ゆくわれも旅人散る木の葉　臼田　亜浪

台所《だいどころ》俳句《はいく》

「婦人十句集」が虚子の勧めで、長谷川かな女を中心に始まったのが大正二年で、回覧形式で始められた。

「私は此頃、自分の妻子の物事につき自分と趣味の隔絶してゐることを憤る前に、之に趣味教育を施すのを忘れてゐたことを思はずにはゐられ無い。何も教育せずに置いて憤られ見放される妻子は災である。私は取り敢へず自分の妻子に俳句を作らせて見ることに思ひ至つた。其は直ぐに一般の女子に俳句を勧める信念と勇気とを呼び起すのであつた。（以下省略）」（「ホトトギス」大正二年六月号）

というのが虚子が女性に俳句を勧める動機であった。

そしてこれが女性俳句の幕開けとなった。それ以前は、一般家庭の女性は短歌はやっても、俳句をする人は殆《ほとん》どいなかったのである。そのことを山本健吉は、俳句がその成り立ちからして、女系文学としての和歌のパロディーとして、男性の揶揄嘲笑《やゆちょうしょう》の文学であった歴史を指摘している。

「ホトトギス」では婦人十句集に続き、大正五年十月号より、婦人欄、六年台所雑詠、そして後に家庭雑詠と新設されていく。ここで育った人に、高橋澄女《すみじょ》（後の淡路女《あわじじょ》）、阿部みどり女、飯島みさ子、今井つる女、杉田久女《ひさじょ》、竹下しづの女がいる。夫の長谷川零余子《れいよし》の「ホトトギス」退社がきっかけで、かな女が去った後、昭和三年、星野立子を中心に第二次婦人句会が始まる。その中から中村汀女《ていじょ》、本田あふひなどが頭角を現す。
「台所俳句」の呼称は、このようにして始まった女性の俳句を男性が揶揄して総称したものと思われる。当時婦人欄で募集した俳句が、台所に関係したものを詠み、家庭生活を詠むものであったため、俳句の新参者への男性の大方の見方は、女子供の詠むものとして一段低く見ていたものであろう。

さつぱりと梅雨の厨の乾きをる　　阿部みどり女
子とあればわが世はたのし金魚玉　　高橋淡路女
短夜や乳ぜり泣く児を須可捨焉乎《すてっちまをか》　　竹下しづの女
咳の子のなぞなぞあそびきりもなや　　中村　汀女

これらの例句は、主婦の生活を詠んだものであるが、現在ではこれらを「台所俳句」という呼び方はしていない。結局「台所俳句」と言われた時期は、意外と短かった。それは女性の作者が増えて、量質ともに男性に劣らないものが出てきたことと同時に、女性の意識の向上があげられるだろう。

昭和俳句《しょうわはいく》

昭和俳句は、大正期の飯田蛇笏《だこつ》、前田普羅《ふら》、原石鼎《せきてい》らの主要作家の後の新人たち、特に水原秋櫻子《しゅうおうし》、山口誓子《せいし》、高野素十《すじゅう》、阿波野青畝《あわのせいは》の四S（山口青邨《せいそん》の命名）の活躍に始まる。しかし、当時虚子は、〈客観写生〉〈花鳥諷詠〉などの主張を鮮明にし、これに対する反発も生まれつつあった。秋櫻子は昭和七年に「ホトトギス」の俳句を批判した「『自然の真』と『文芸上の真』」を発表し、「馬酔木《あしび》」に拠って新しい俳句を主唱した。これを契機に新興俳句運動が展開された。この運動は、特に創刊されたばかりの改造社の「俳句研究」により全国的に広まっていった。

来し方や馬酔木咲く野の日のひかり　水原秋櫻子

新興俳句はこの後さらに、社会的関心を深めた後期段階に入り、無季俳句を容認した新段階に入る。作家としては、四Sに先立ち「ホトトギス」で活躍した日野草城《そうじょう》や、「馬酔木」「天の川」の作家に加え、西東三鬼《さいとうさんき》、東京三《ひがしきょうぞう》、平畑静塔《せいとう》、渡辺白泉《はくせん》、三橋敏雄らが登場する。なお、短歌・川柳と同様、俳句においてもプロレタリア派が登場し、栗林一石路《いっせきろ》、橋本夢道《むどう》らが活躍した。プロレタリア俳句は新興俳句と一緒に扱われるが、ここでは区別しておきたい。

一方、「馬酔木」「ホトトギス」などからは、既存の俳句に飽き足らないものの新興俳句の行き方に批判的な石田波郷《はきょう》、加藤楸邨《しゅうそん》、中村草田男《くさたお》らが独自の道を探り「人間探求派」と呼ばれた。

水枕ガバリと寒い海がある　　西東　三鬼

万緑の中や吾子の歯生え初むる　　中村草田男

以上、趨勢《すうせい》としての反「ホトトギス」の潮流にもかかわらず、「ホトトギス」には、なお素十、青畝、青邨の外、富安風生《ふうせい》、松本たかし、川端茅舎《ぼうしゃ》、星野立子、中村汀女《ていじょ》らが登場し、最後の絢爛たる時代を迎えていた。

ひらひらと月光降りぬ貝割菜　　川端　茅舎

このように、昭和初期は大正時代からのモダニズムの余韻を残す時代であったが、昭和十年以降は戦争に急速に向かって行く時代だった。治安維持法による取締りが厳しく行われ、表現の先鋭化を進めた短詩型にあっても、昭和十三年の川柳作家の検挙に始まり、昭和十五年に「京大俳句」、翌年「土上《どじょう》」等と新興俳句系作家の検挙・起訴が行われ、雑誌も廃刊に追い込まれ、新興俳句は逼塞《ひっそく》するに至った。

一方、国策協力に向けて昭和十七年五月に日本文学報国会俳句部会が発足した。戦中には、若干の従軍俳句等があるものの、新しい俳句は戦後を見なければならない。

戦争が廊下の奥にたつてゐた　　渡辺　白泉

自由律俳句《じゆうりつはいく》

定型の五・七・五によらず自由な音律によって詠まれる俳句。明治末、新傾向俳句では五・七・五によらず五五・三五や五五・五三という四文節形式が目立つようになり、それがさらに自由律へと道をひらくことになる。伊沢元美によれば、「自由律」という語は明治四十三年五月「緑熱」の鈴木象骨「近代眼より見たる季題」のなかに見えるというが、自由律俳句運動の初期には「新しき俳句」という言いかたが一般的で、それが「自由律俳句」と呼ばれるようになるのは昭和初頭であろうという。

なぜ自由律かという理由は、荻原井泉水《おぎわらせいせんすい》が『自然の扉』（大正三年）で、「自然の印象には体律がある」「言語の微妙な感じを以て此の印象を浮出させるやうに叙したる句法、それが詩としての俳句の律である」と言っているところにもとめられる。それは「季題趣味の如き趣味をもって詩は限定されるべきではない」という俳句観をともなっていた。五・七・五からの自由という考えに立てば、自由律俳句では、律は、はじめから決められているものではなく、そのときそのときの、「自然の印象」自体がもつリズムによって決められる、ということになろう。

五・七・五定型を制約と感じ、そこから脱化した俳句は、一般には十七音より長くなるだろうと思われがちだが、自由律の句を見ると必ずしもそうではない。

できるだけはなやかに手を取り合つて行かうマントの釦をきつちりはめて行かう　（三八音）　中塚一碧楼

のように、定型の倍以上になっていくものもある反面、

陽へ病む　（四音）　大橋　裸木

おとはしぐれか　（七音）　種田山頭火

のように、極端に短くなる傾向も見られる。前者を長律、後者を短律という。長さに制約はないからいくら長くてもいいわけだが、長律は詩的韻律を成立させるのがむずかしく、散文化の危険にさらされる。短律は省略の文学としての俳句的表現をさらに煮詰めたもので、これには佳作が多い。

定型と季題を脱化した自由律俳句がすぐさま直面するのは、俳句としてのポエジー（詩を成り立たせる核心）はなにかという問題と、どのようにして韻律を獲得するかという問題である。この解決なくしては、自由律は詩として生きることができない。これは、緊張感もなく安易に定型と季語にもたれかかり、そのときどきの感動を対象から汲み上げる努力をおこたりがちな有季定型の作者にとっても、反省をせまる問題である。

新興俳句《しんこうはいく》

新傾向俳句が席捲《せっけん》した明治末から大正初めの俳句界に、自ら守旧派と称して復帰した高浜虚子は、昭和の初めには俳壇の絶対的権威として君臨していた。新興俳句の運動は、昭和六年、水原秋櫻子《しゅうおうし》が「ホトトギス」を離脱して「馬酔木《あしび》」に拠り、虚子に叛旗を翻したことを出発点とする。この事件は、没個性的な「花鳥諷詠」の俳句観の束縛から、近代人の文学意識を解き放つ意味を持ったのである。

新興俳句の担い手となる新進俳人たちの最初の目標は、秋櫻子と山口誓子《せいし》だった。しかし、二人が俳句の表現領域を大胆に広げたことに刺激された潮流は、作者自らの表現意欲をさらに満足させるために、季語の制約からも解放されようとする。無季俳句こそは、新興俳句の歴史的意義を最も鮮やかに刻印する成果である。

頭の中で白い夏野となつてゐる　高屋　窓秋（昭7）

しんしんと肺碧きまで海の旅　篠原　鳳作（昭9）

水枕ガバリと寒い海がある　西東　三鬼（昭11）

窓秋《そうしゅう》の句は、無季俳句を否定した「馬酔木」にありながら、純度の高いポエジーをもって従来の俳句の枠を超えた記念碑的作品。鳳作《ほうさく》、三鬼《さんき》の句は、無季俳句の成功を決定的に印象づけた。その後の新興俳句は、戦争を最大のテーマとして突き進む。

戛々とゆき戛々と征くばかり　富沢赤黄男（昭12）

そらを撃ち野砲砲身あとずさる　三橋　敏雄（昭13）

戦争が廊下の奥に立つてゐた　渡辺　白泉（昭14）

赤黄男《かきお》の句は中国出征中の作品。敏雄の句は弱冠十八歳で誓子の激賞を受けた戦火想望俳句。白泉《はくせん》は銃後の生活を諧謔《かいぎゃく》を交えて詠った。戦争に向き合う立脚点は違うが、それぞれに新興俳句を代表する作品といえる。

定型を破壊して自ら俳句としての存在理由を失った新傾向と異なり、新興俳句は定型を維持しつつ、季語を捨てた自由をもって詩の論理や時代思潮を俳句に持ち込むことに成功した。しかし、運動としての新興俳句は、昭和十五〜十六年の体制による弾圧によって突然に終焉を迎える。

新興俳句の精神は戦後も受け継がれたが、なかでもその申し子というべき三橋敏雄は、〈昭和衰へ馬の音する夕かな〉〈戦争と畳の上の団扇かな〉など、新興俳句の主題だった戦争というテーマにこだわりながら、古格すら漂う作品を残した。しかし、敏雄が死に、戦争の記憶も薄れるなか、新興俳句の精神も途絶しようとしている。敏雄の弟子による次の作品は、新興俳句への挽歌かもしれない。

前ヘススメ前ヘススミテ還ラザル　池田　澄子（平12）

連作俳句《れんさくはいく》

「連作」とは、構成的な意識に基づいて複数の俳句を制作することであり、水原秋櫻子《しゅうおうし》が『葛飾《かつしか》』（昭和五年）において初めて示した。句集『葛飾』は、春夏秋冬と連作という五章で構成され、春夏秋冬の章のそれぞれ冒頭には「大和の春」「葛飾の春」等の名称を与えられた作品群があり、連作の章は「筑波山縁起」「当麻《たいま》曼陀羅縁起」「古き芸術を詠む」などの作品群で構成されていた。厳密には後者のみを連作というべきだが、広くは前者をも含めている。

連作俳句に似ているものに、構成的な意識はなく一つの主題で制作された複数の俳句からなる「群作」がある。右にあげた『葛飾』春夏秋冬の部の作品は群作に当たると思われるが、以下ではこれを含めて連作と呼んでおく。

春惜しむおんすがたこそとこしなへ　秋櫻子（古き芸術を詠む）

行春やただ照り給ふ厨子の中

俳句は十七文字の限られた言語で創造を行わねばならず、その可能性を最大限に生かすため、相互に関連する俳句を配置するものである。短歌では、斎藤茂吉の『赤光《しゃっこう》』の「死にたまふ母」などはその最も代表的な成功例である。

連作俳句は、「馬酔木《あしび》」で山口誓子が「深青集」という連作俳句欄を設け推進した。一方、新しく登場した改造社の俳句総合誌「俳句研究」で日野草城《そうじょう》は新婚の夫婦がホテルに泊まる一夜を描いた「ミヤコ・ホテル」（昭和九年）を発表。賛否両論を呼んで以後、新興俳句では有力な手法となったが、新興俳句自身、昭和十五年に弾圧を受け、有力作家の発表が不可能となったため新たな展開は見られなかった。

けふよりの妻と来て泊つ宵の春　　草城（ミヤコ・ホテル）

枕辺の春の灯は妻が消しぬ

戦後、連作俳句の影響を受けた代表的な傾向は社会性俳句であった。代表作である沢木欣一《きんいち》「能登塩田」、能村登四郎《としろう》「合掌部落」なども緊密な構成の作品であり、古沢太穂《たいほ》、鈴木六林男《むりお》などが特有の主題をもって制作に当たった。

白川村夕霧すでに湖底めく　　登四郎（合掌部落）

暁紅に露の藁屋根合掌す

この他、境涯俳句、療養俳句、風土俳句など、主題性を表に出した作品は連作俳句の影響の下にあると言ってよいであろう。こうした一連の主題性ある俳句が衰えたのは昭和五十年代後半であり、いわゆる軽み・遊び・俳句って楽しい、などのキャッチフレーズが現れはじめた時期である。以後、連作俳句はごく一部の作家に限られている。

人間探求派《にんげんたんきゅうは》

中村草田男《くさたお》、石田波郷《はきょう》、加藤楸邨《しゅうそん》の三人を「人間探求派」と称する。その事実上の命名者は、「俳句研究」の編集長だった山本健吉だ。〈月ゆ声あり汝は母が子か妻が子か　草田男〉〈冬日宙少女鼓隊の母となる日　波郷〉〈鰯雲ひとに告ぐべきことならず　楸邨〉といった作品が「難解俳句」と呼ばれて議論になっていた「ホトトギス」の草田男、「馬酔木《あしび》」の波郷、楸邨に「石楠《しゃくなげ》」の篠原梵《ぼん》を加えて、山本は「新しい俳句の課題」と題する座談会を開いた（「俳句研究」昭和十四年八月号）。そこで山本が「貴方がたの試みは結局人間の探究といふことになりますね」とまとめたことが「人間探求派」の名の由来となった。

当時の俳壇は、花鳥諷詠を唱える「ホトトギス」の伝統俳句に反発した新興俳句運動が、当局による弾圧を前に最盛期に達していた。しかし山本は、伝統俳句を飽き足らなく思う一方で、俳句に近代文学の論理を持ち込もうとする新興俳句にも批判的だった。その山本が提示した新興俳句へのアンチテーゼが人間探求派にほかならない。

山本と人間探求派の三人の共通項は、三つのキーワードで整理できよう。一つは文字通り「人間の探求」、一つは「俳句固有の方法」、一つは「古典回帰」であり、それぞれが密接に関連しあっている。芭蕉を俳人の理想とする山本は、俳句は人間の生きる「志《こころざし》」を表すものでなければならないと考えた（ちなみに山本は、この「志」に欠ける点で梵を三人と区別した）。また、俳句には季語と切字を核とする固有の方法があるはずだと考えた。折から人間探求派の三人も、期せずして各人が古典俳句、とりわけ芭蕉の俳句に啓発されながら、「人間の探求」と「俳句固有の方法」の獲得を目指していた。

勇気こそ地の塩なれや梅真白　　草田男
雁や残るものみな美しき　　波郷
蟇誰かものいへ声かぎり　　楸邨

三人の作品にはそれぞれの人間観、人生観が反映されている。彼らは戦争という民族的危機を背景に、俳句を通して生きることを問い続けた。したがって彼らの俳句は、一句一句が人間の、あるいは人生の寓意を成す。

戦後の評論「純粋俳句」で、山本は俳句を寓意詩だと断じた。配合によって季語を寓意たらしめる手法は、人間探求派の俳句を鮮やかに特徴づけるものだ。寓意自体はイソップ物語に代表されるように本来散文的なものだが、人間探求派は「切れ」による大胆な飛躍と省略によって韻文性を維持した。当初難解とされたゆえんだが、俳句表現に大きな可能性を開いたことは疑いない。

難解俳句《なんかいはいく》

理解するのが難しい俳句、わからない俳句のこと。理解を困難にする因として、表現が未熟なため、読み手に伝わらない場合と、読む側の理解力が不足で読み取れない場合とがある。前者は作り手に、後者は読み手に問題がある。

わかりにくい句というのはいつの時代にもあり、江戸時代の其角の〈香薷散《こうじゅさん》犬がねぶつて雲のみね〉という句なども、かなり難解な句である。

一般には、経験や写生によった句や叙景的な句はわかりやすいが、主観的、抽象的な発想の句はわかりにくくなる。

「難解俳句」という呼称は、ひろく難解な句をさして言う場合もあるが、近代俳句史の一現象として、この傾向が指摘されたのは、昭和十年代である。新興俳句が俳壇を揺さぶったあとに現れた「人間探求派」の作者、中村草田男《くさたお》・加藤楸邨《しゅうそん》・石田波郷《はきょう》の句について、西東三鬼《さいとうさんき》が「難解俳句」と言ったのがはじまりとされる。

百日紅乙女の一身またたく間に　草田男

海越ゆる一心セルの街は知らず　楸邨

冬日宙少女鼓隊の母となる日　波郷

などだが、現在ではさほど難解とは思われていない。

難解という語は非難の意味で言われるが、ただ非難するだけでなく、なぜ難解な句が出てくるのか、という理由は理解しておく必要があろう。

時代を先どりした新しい表現が、当時の一般の理解のレベルを超えていたために、難解だと言われるわけだが、特に注目すべきは、作者の表そうとする詩的世界が新しいものであるために、作り手自身の力量では、まだ新しいポエジーに見合う表現を開発するにも至っていない場合である。つまり表したい詩的世界と表現とのギャップが、難解という現象として出てくる。この過程に現れる難解は、新しい俳句を拓《ひら》こうとする作者の営為と苦悩が反映したものであるから、一概に非難すべきではない。

新興俳句が試行錯誤を繰り返していた時代に、高浜虚子は、ああいう内容は俳句には向かない、やりたければ小説や詩でやればいいと言っているが、俳句に詠む内容を、四季の推移にともなう自然や人事とわりきってしまえば、難解などという現象も起こらない。

昭和十年代に現れた難解俳句は、花鳥諷詠による自然や人事の表現にあきたりず、それを超克するものとして人間の探求や自我の表現の追求に向かった、その必然として出てきたものである。わかりやすい、口あたりのよい俳句ばかりで、現代の俳句に革新創造へのエネルギーにともなう難解が現れないのは、むしろ問題ともいえる。

境涯俳句《きょうがいはいく》

境涯は身の上のこと。作者その人の暮らし、生きざまにかかわって詠まれる句を「境涯俳句」という。

大正六年、大須賀乙字《おつじ》は『村上鬼城《きじょう》句集』序で、「芭蕉を俳聖と呼ぶ所以のものは、彼の句に其境涯より出でて対自然の静観に入つて居るものが多いからである」と芭蕉の俳聖たるゆえんと境涯との関係を述べ、「蓋《けだ》し境涯の句といふは人生の悲惨事を嘗め尽くし初めて得らるべく、（略）真実其境に至らねば作意を以て得る事は出来ぬ」と言い、「古来境涯の句を作つた者は、芭蕉を除いては僅《わず》かに一茶があるのみで、其余の輩は多く言ふに足らない。然るに、明治大正の御代に出でて、能《よ》く芭蕉に追随し一茶よりも句品の優《まさ》つた作者がある。実にわが村上鬼城其人である」と境涯の俳人鬼城を高く評価し、その例として次の句をあげている。

夏草に這上りたる捨蚕かな

冬蜂の死にどころなく歩きけり

芭蕉、一茶、鬼城を境涯という視点から見たはやい例として注目されているが、ここでは境涯はまだ「人生の悲惨事を嘗め尽くし」というように深刻に択えられていて、普通の日常生活という捉えかたになっていない。境涯俳句が俳句の本質にかかわるものとして意識されるようになるのは、昭和十七年十一月の「鶴」において、石田波郷《はきよう》が「俳句は境涯を詠《うた》ふものである」と言ったころからであろう。この俳句観の背景には、花鳥諷詠に対する批判があり、人間探求派と言われたこの人が独自に探求した俳句認識が、こういう宣言になったものと見られる。

「境涯とは何も悲劇的情緒の世界や隠遁の道ではない。又愛別離苦の詠嘆でもない。すでにある文学的劇的なものではなくて、日常の現実生活に徹しなくてはならない」という波郷の規定は、乙字の境涯の概念を、ひろく「日常の現実生活」にひろげたものと言える。しかも、それは俳句の文芸的本質にかかわるものだった。

この時期の波郷の句に、

わが胸の骨息づくやきりぎりす

一茶忌や父を限りの小百姓

などがある。境涯から発想された句は、波郷傘下の「鶴」連衆によって積極的に進められ、特色のある句が生み出されている。

境涯にこだわると、俳句が狭くなり、モノローグ化するなどの問題点が指摘されているが、境涯俳句の問題は、俳句の一傾向としてあげつらうのではなく、俳句の本質とのかかわりで論じるべきであろう。

都《と》会俳句《かいはいく》

昭和初期、新興俳句運動が起こった時、「ホトトギス」の唱える花鳥風月を諷詠する「花鳥諷詠」と「客観写生」に異を唱えて、俳句の近代化が言われるようになった。山口誓子は、「われわれは、俳句的なる「素材」「用語」「表現様式」「趣味」を排除して、之等《これら》を新化することによって、俳句の伝統を新化しようと企てる。「十七字」と「季物」とを死守しつつ、其他《そのほか》一切のものを新化すること」を唱え、句集『凍港《とうこう》』（昭和七年）で、〈スケート場沃度丁幾《ヨードチンキ》の壜がある〉あたりから、都会詠を詠みはじめる。石田波郷《はきょう》にも昭和十年、山口誓子《せいし》が「馬酔木《あしび》」加盟を決定した大阪馬酔木会に、水原秋櫻子《しゅうおうし》の供をしたときの〈大阪城ベッドの足にある春暁〉〈春暁のまだ人ごゐをきかずゐる〉が都会詠として残っている。

この運動の発展は、大阪から出た日野草城《そうじょう》主宰の「青嶺《あおね》」で、大きな試みとなって現れた。すなわち雑詠欄に、都会篇と、田園篇が設けられ、それぞれ十句ずつ募集され、両篇応募することもできた。創刊号から、都会篇の例句を抜いてみよう。

雪暮れてネオンの街の宵さびぬ　（神戸）笠原　静堂

つんとして出てゆくマダムシクラメン　（大阪）水谷　碎壺

ラグビーや倒れしジャケツかへりみず　（大阪）小島山數子
防空燈雪雲とらへあそびけり　（東京）西東　三鬼
卒業や煤煙の都市吾を容る　（大阪）片山　桃史

これらは時代が如実に反映されるようである。
では、現代の都会詠はどうだろう。

二十のテレビにスタートダッシュの黒人ばかり　金子　兜太
摩天楼より新緑がパセリほど　鷹羽　狩行
新宿ははるかなる墓碑鳥渡る　福永　耕二
地下鉄にかすかな峠ありて夏至　正木ゆう子
ビルディングごとに組織や日の盛　髙柳　克弘

都会詠は外国の都市にまで及ぶようになった。つまり海外詠が増えたことも、都会詠を増やしている要因となっているのではないか。

その一方で、都会生活者が都会を吟行するようになったことも、都会詠が増えた要因と考えてよいかと思う。

都会はすでに俳句の素材として、珍しいものではなくなっている。今後、生活空間としての都会が、時代を写しながら詠まれていくようになるのではないだろうか。

戦後俳句《せんごはいく》

戦後俳句は桑原武夫の「第二芸術」に始まる。桑原の「第二芸術」は、俳句が詩や小説に比べて現代を盛り込むことのできない不完全な芸術様式であるとしたが、これに対する解決が戦後俳句作家にも求められたのである。

そうした戦後俳句の現代性は、社会的素材を詠み込むことによって始まっている。「俳句」昭和二十九年十一月号の〈揺れる日本〉特集は、戦後の時代性を典型的に総集している。なお、これに先立つ昭和二十八年十一月号では「俳句と社会性の吟味」が特集され、三十年代前半には社会性俳句が大きな課題となって論ぜられた。しかし〈社会性〉の問題意識は必ずしもその後継続しなかった。

白蓮白シャツ彼我ひるがえり内灘へ　古沢　太穂

滾る銀河よ真実獄へ想ひ馳す　佐藤　鬼房

――松川事件の被告たちに捧ぐ

この後、三十年代後半に出てくるのは、金子兜太《とうた》を中心として表現問題としてとらえられた前衛運動であった。無季容認の、定型から逸脱しがちなこれら難解な俳句は、戦前からの新興俳句系の作家も包含《ほうがん》して、定義しにくい点もあるが〈前衛俳句〉としてとらえられた。一方、従前の有季定型の俳句作家はこれらの前衛俳句に対して〈伝統〉意識を強め、伝統俳句として自らを定義し、両者とも先鋭化した。この間、昭和三十六年には、現代俳句協会からの伝統俳句派である俳人協会の分裂という事態を発生させている。

華麗な墓原女陰あらわに村眠り　金子兜太
音楽漂う岸侵しゆく蛇の飢え　赤尾兜子

一方、戦後は多くの俳句雑誌が復刊・創刊され、固有の主義主張を宣言した。代表的な例は山口誓子《せいし》が昭和二十三年に創刊した「天狼《てんろう》」の〈根源俳句〉宣言であった。永田耕衣《こうい》、秋元不死男《ふじお》、平畑静塔《せいとう》らがそれぞれ独自の根源論を展開させ、戦後の有力な思潮を形成している。一方、在来の「雲母《うんも》」「馬酔木《あしび》」「ホトトギス」もそれぞれに飯田龍太、石原八束《やつか》、藤田湘子《しょうし》、能村登四郎《としろう》、波多野爽波《そうは》などの戦後作家を輩出した。

炎天の遠き帆やわがこころの帆　山口誓子
一月の川一月の谷の中　飯田龍太

前衛俳句の対立が一段落した昭和五十年頃から、空前の俳句ブームが訪れた。特に平成となって商業誌の俳句上達法特集が定着し、俳句は誰でもできるという認識が進み、文学としての俳句はやせ衰えていった。二十一世紀になって『新撰21』等により若い作家が登場し始めたことにより、新しい文学が登場するかが問われている。

社会性俳句《しゃかいせいはいく》

社会性のある俳句。昭和二十八年十一月、大野林火《りんか》編集の雑誌「俳句」が「俳句と社会性の吟味」を特集した時期に、俳句の社会性がつよく意識されるようになった。伝統派に対抗して新傾向が起こった時代にも河東碧梧桐《かわひがしへきごとう》が「接社会論」を書き、「古俳人の態度を避社会的」とし、「社会の葛藤に接触する」態度を「接社会的」として論じている（『新傾向の研究』）。また、昭和初期の新興俳句やプロレタリア俳句でも社会や生活の現実がつよく意識されているから、「社会性」という問題もそうした流れのなかでとらえるべきだろう。

「社会性」が三十代の俳人を中心に俳句の課題となったのは、昭和二十七年から三十一年にかけて血のメーデー事件、破防法の公布、内灘闘争、松川事件判決、ビキニ水爆実験、砂川闘争など、人々の関心をひく事件があいついで起こり、戦中に弾圧されていた社会主義、共産主義の思想が解放され浸透したという社会的背景がある。

白蓮白シャツ彼我ひるがえり内灘へ　古沢　太穂
原爆許すまじ蟹かつかつと瓦礫あゆむ　金子　兜太
秋風やかかと大きく戦後の主婦　赤城さかえ

友ら護岸の岩組む午前スターリン死す　佐藤　鬼房
主婦たゝら踏むメーデーやヒロシマに　沢木　欣一

など、そうした問題意識で詠まれた句である。

　こうした方向へ歩み出すきっかけは、昭和初期に「ホトトギス」の花鳥諷詠を批判して新興俳句が勃興し、社会の諸現象や生活の現実を詠む機運が生まれて、俳句の理念や題材が変わってきたことが大きい。新興俳句を超克しようとした人間探求派は作者自身の個に執する傾向がつよく、社会と個人の問題はあまり追求されていない。その解決をめざしたのが「社会性」という問題意識だった。敗戦後、日本の旧文化が再検討されるなかで、昭和二十一年に桑原武夫は「第二芸術」を書いて、俳句の「作者の思想的社会的無自覚」をきびしく批判しているが、戦後俳句はこうした批判に応えるという課題を負ってもいた。

　昭和二十九年十一月の「風」は、同人に「社会性俳句」についてアンケートをこころみている。その回答で、沢木欣一《きんいち》は「社会性のある俳句とは、社会主義的イデオロギーを根底に持った生き方、態度、意識、感覚から産まれる俳句を中心に、広い範囲、過程の進歩的傾向にある俳句を指す」と答え、金子兜太《とうた》は「社会性は作者の態度の問題である。自分を社会的関連のなかで考え、解決しようとする社会的な姿勢が意識的にとられている態度」と定義している。

前衛俳句《ぜんえいはいく》

「前衛俳句」という呼称にはしばしば混乱がある。いわゆる有季定型の俳句を「伝統俳句」と呼び、それ以外の俳句を「前衛俳句」と呼ぶのはその一例で、これは完全な誤用である。「伝統俳句」という呼称は、昭和初年代に「新興俳句」の運動が起こったとき、その対立概念として意識的に用いられるようになった。一方「前衛俳句」は、昭和三十年代に登場した作品の傾向であり、それに先行する社会性俳句の流れを汲むものである。

「前衛俳句」は、その呼称自体はもともとジャーナリズムが与えたとしても、ひとつの方法意識をもった運動としてとらえることができる。すなわち金子兜太《とうた》を理論的リーダーとして、関西の俳人たちを中心に起こった一連の作品傾向を指す。代表的な作家としては、堀葦男《あしお》、島津亮、八木三日女《みかじょ》、林田紀音夫《きねお》、大原テルカズなどがあり、さらには社会性俳句の作家として活躍した佐藤鬼房《おにふさ》や鈴木六林男《むりお》も、その運動に影響を受けている。

造型論として知られる金子の理論は、従来の俳句の方法を「対象と自己との直接結合」としてとらえ、それにたいして「造型」なる方法を提起したものだ。『造型』は、直接結合を切り離し、その中間に——結合者として——『創る自分』を定置させようとするもの」（「俳句の造型について」昭和三十二）というのがその定義だが、俳句における像が現実の風景に還元されるのでなく、作者の内的な世界の隠喩であることを意味している。

この運動の意義は、俳句の像が成立する根拠を現実から離脱させたことであり、それによって写生という方法を相対化したことだ。しかし俳句のような古典詩において、古典的なシンボリズムの外側から隠喩を持ち込む試みは必ずしも成功しなかった。つまり隠喩の仕掛けは、しばしば作者の主観的な意図にとどまり、作品としての普遍性に到達していない。その傾向については高柳重信が、「まだ言葉が単語のままでいるうちから、それぞれの言葉に、それぞれの方向性や限定された特定の意味を勝手に付与している」（「前衛俳句診断」昭和三十六）と批判している。

ちなみに従来の俳句辞典は、その高柳重信と、高柳の編集する「俳句評論」に拠る俳人たちも「前衛俳句」の作家として扱っている。具体的には加藤郁乎《いくや》、永田耕衣《こうい》、赤尾兜子《とうし》などであるが、このうち兜子の当時の作品には「前衛俳句」と共通する傾向があるとしても、重信、郁乎、耕衣の方法はあきらかに違うもので、こうした理解が通説になっていることには異を唱えておきたい。

風土《ふうど》俳句《はいく》

戦後ひところマルキシズムなどの影響で、あらゆるものを社会背景から見る歴史社会学派の時代があった。俳壇でも社会性俳句が全盛を迎えた。その中から社会的な問題意識をもった風土詠が出てきた。

昭和三十年に発表された沢木欣一《きんいち》の「能登塩田」、能村登四郎「合掌部落」が、滅び行くものをテーマに地方の風物風土を詠いあげたことから、風土俳句、風土性俳句という呼称が生まれた。

塩田に百日筋目つけ通し　沢木欣一

暁紅の露の藁屋根合掌す　能村登四郎

しかし、これらは問題提起とはなったが、旅吟であったため、その後、風土俳句と呼ばれるものは、地方在住作家による地方風土を詠《うた》った俳句へと中心を推移して行った。

それでは、それ以前に風土を詠んでいる俳句がなかったかというと、そのようなことはなく、有名なところでは、大正期の飯田蛇笏《だこつ》、原石鼎《せきてい》、前田普羅《ふら》などがあげられ、昭和三十年に風土俳句という呼称ができたとき、これらは他のホトトギス系俳人の風土を詠んだものとともに、季題趣味の勝ったものと位置付けされていた。

しかし、風土を『広辞苑』で引くと、「その土地固有の気候、地味など、自然条件。土地柄」とあり、社会性俳句の時代が過ぎた今、風土俳句というものの定義を、昭和三十年以降のものとする考えかたを改めなければなるまい。

飯田龍太は「風土というものは眺める自然ではなく、自分が眺められる意識を持ったとき、その作者の風土になる」と言っている（福田甲子雄『飯田龍太の四季』）。

これは土地への観入の深さを物語っている言葉だと思う。このように、近年では、風土俳句といわれるものが、ただ土地を詠っているのではなく、より土俗の方へ向かっているように見受けられる。描こうとする土地を、血肉に沁みた形でとらえようとしている作家が出た。

そのひとりが飯田龍太であり、佐藤鬼房である。

なにはともあれ山に雨山は春　飯田　龍太

みちのくは底知れぬ国大熊《おやぢ》生く　佐藤　鬼房

鬼房は社会性俳句の旗手のひとりでもあったが、その後の彼の作品は、句集『潮海』のあとがきにもある「塩辛い精神風土」という言葉と共に、みちのくの風土と四つに組んで作句しているような観がある。風土俳句は、風土に生活を加味し、土俗を、そして歴史をも加味し、やや範疇《はんちゅう》を広げたものになりつつある。

時《じ》事《じ》俳《はい》句《く》

今、社会に起こっている事象を詠む俳句。そのときそのときに出現する出来事、世相、政治的話題などが題材になる。はやい例としては、正岡子規が同僚の記者古島一雄のすすめで試みた「俳句時事評」がある。明治二十七年三月九日から六月二十九日まで都合十三回「小日本」に発表されたもので、「其晩其新聞は俄《にわ》かの発行停止」として、〈くふ時に成てすてけり河豚の汁〉、「官民の不調和は今に始まらず」として、〈もつれたり解けたり風に糸柳〉といった句がある。句だけ見ると、一見普通の写生句のようだが、裏に踏まえられているのは時局の話題である。それを批判的風刺的に詠んでいる。時事的問題を扱う新聞ジャーナリズムが要求したものだった。時事を詠むのを得意とする川柳との類縁関係も出てくる。

時事俳句には、社会的事件などを直接に詠むものと、このように花鳥風月に託して詠むものとがある。後者の場合には前書がないとわからない。時事的な題材は同じ情報圏にいる人にはわかるが、その圏外にいる人にはわかりにくく、また、時代がずれると理解しにくくなるだけでなく、話題性が弱まり、感動を喚起する力が激減する。新聞やテレビで得た情報を句にすることも行われているようだが、そういう句は、個人の思いのこもらぬただの報告になりやすい。また、時事的題材というのは一過性で、すぐ風化するから、永続性のある句をつくるのがむずかしい。

古沢太穂《たいほ》が内灘闘争を詠んだ、

白蓮白シャツ彼我ひるがえり内灘へ

沢木欣一《きんいち》が東大事件を詠んだ、

手錠足錠寒の舗装路擦過して

などは、時事的題材に真っ向から迫った句だが、佐藤鬼房《おにふさ》が松川事件の一被告を見舞ったときの、

冬も湧くたしかな泉夜明け近し

という句は、背景にあるのは時事的事件だが、表出の態度は社会的である。

金子兜太《とうた》の、

銀行員ら朝より蛍光す烏賊の如く

という句は、一時的に現れては消える事象としての事件や話題を詠むのが時事俳句であるという定義からすると、時事俳句とするのは当たらない。むしろ社会的である。時事俳句、社会性俳句、世相俳句、風俗俳句といった分類が必要かもしれない。個々の句について見ると、時事的で社会性のある俳句、時事を詠んでも社会性の感じられない句、時事的で風俗的傾向の強い句などが見られる。

俳人格《はいじんかく》

平畑静塔《せいとう》の俳論で用いられた造語。俳句という固有の性格をもつ定型詩にかかわる者の人間的凝縮を期待する俳人論で、昭和二十六年の「馬酔木《あしび》」三十周年記念号所載の「俳人格」と、昭和二十七年の「俳句」に掲載された「昭和の西鶴——虚子の俳人格とその作品——」において展開された。

中心は高浜虚子をめぐるもので、その俳句は形式の特殊性を厳然と踏まえたものであると同時に、俳句表現にかけた虚子という人格は、俳句そのものというべき完成した俳人的人格に化し去っていると評価している。初めは虚子に対して否定的な立場にあった静塔が、「俳人格」という観点からむしろ積極的に虚子の俳人としての姿を受け止めるようになったのである。

もとより、静塔は実生活における虚子を論じようとしたわけではなく、あくまでも作品を通して立ち顕《あら》われる人格を分析しているにすぎない。その俳句の本質を、天賦の無拘束ととらえる。芭蕉のごとき精神性を求めるのでもなければ、構成的な美学があるわけでもない虚子の俳句は、精神の空白状態に裏付けられているといい、そこに他のいかなる芸術にも置き換えられない特殊性を認めている。

さらに「昭和の西鶴」ではこういう。「虚子は時代と闘う人ではない。時代は虚子の彼方にある。生活に徘徊するのみである」「俳句は今日一隅の文学にすぎない。その一隅の文学が、虚子によって形成されたと言っても過言ではない。社会の変化にほとんど感知しない奇型の文学である。俳句の文学的技術として、虚子はその頂点を極めつくしたが、そのことが逆に俳句を文学の片隅に追いやった」。

静塔の虚子評価は結局のところどうなのか理解しにくいが、「俳人格」について一般論的には次のように述べている。

「俳人たるものは、世にいかなる職業を持つとしても、文学者としての第一義のもとで生きてゆかねばならぬということだし、もっと具体的に言うならば、俳句を通して世に処し、俳句のために生きるということである」「俳人として高まるということはその技術の高まるということと不可分のことなのである」「根源を追いつめることが、俳人の生活なのである。そうして高まってゆくのが俳人格というものである」。

「俳人格」という考え方に対しては山本健吉の批判などもあったが、精神科医である自身の多忙な生活において俳句は決して余技ではなく、真剣に立ち向かっているものであるとの静塔の自負が感じられる。

なお、昭和五十八年に静塔の俳論集『俳人格―俳句への軌跡―』(角川書店)が刊行された。

文人俳句《ぶんじんはいく》

文人のつくる俳句を総称して言う語。文人は文筆を業《なりわい》とする人の意だが、主に俳人以外の作家、詩人などをさして言うことが多い。

一般に文人俳句というと本格でない俳句という印象がつよく、趣味的、余技的な傾向の句をやや軽んじて「文人俳句的」などと言うこともあるが、あえて文人俳句と言わなくても、芥川龍之介、久米正雄（三汀《さんてい》）、久保田万太郎（傘雨《さんう》）などのように、専門俳人として通用する作者もいる。

明治文学推進の母体となった硯友社《けんゆうしゃ》の作家たちは、リーダーの尾崎紅葉を中心に小説表現の習練として俳句をつくった。紅葉は子規に対抗し俳句革新にもこころざしがあったというから、余技とも言えない。

久米正雄（三汀）は、青年期には碧梧桐《へきごとう》門下の新傾向俳句の輝ける星だった。

魚城移るにや寒月の波さゞら

は新傾向俳句を先導する話題作。滝井孝作（折柴）も小説を書く以前に新傾向の作者で、

心かなしくダリヤに突き当りし

は初期の代表作。

この二人は一般には文人俳句に分類されているが、少なくも初期にはれっきとした俳人である。久保田万太郎（傘雨）は小説、戯曲で文学史に名をとどめる作者だが、俳誌「春燈」を主宰し、門下に著名な俳人を出している。句集も多く、独自の作風をひらいている。こういうことをあげてゆくと、文人俳句という分類も便宜的なもので、かならずしもこの呼称が適当でない場合も出てくる。

しかし、考えてみれば、正岡子規だって俳人であり歌人でもあった。子規の手掛けたものは俳句にかぎらない。文章がいちばんいいのではないか。エッセイもいいし、論争の評論もいい。子規という人間はもっとおもしろい。俳人という枠に入れないで子規という人を見たほうがよいのではないか。

高浜虚子についても同じような疑問がある。虚子は一時期俳句をやめて小説を書いた時期があり、この小説が本格的である。虚子は作家である。文章もずいぶん書いている。そういう面から見れば虚子は文人である。虚子を俳人と見るだけでよいか、もっと視野をひろげないと、虚子という存在がとらえきれないのではないか。文人俳句という呼称も、個々の場合に立ち入ると、いろいろと複雑なものが見えてくる。

どういう人が文人俳句の作者かは、『鑑賞現代俳句全集12』（昭和五六、立風書房）『現代俳句集成別巻1』（昭和五八、河出書房新社）の「文人俳句集」について見られたい。

口語俳句《こうごはいく》

河東碧梧桐《かわひがしへきごとう》の「新傾向俳句」は、中塚一碧楼《いっぺきろう》の「海紅《かいこう》」、荻原井泉水《せいせんすい》の「層雲《そううん》」に引き継がれ、「自由律俳句」を生んだ。自由律は感情をリズムに乗せて詠《うた》う表現方法を取るため、定型が崩れ、季語の有無も問題にせず、口語を用いた句が作られるようになった。

太陽の下にこれは淋しい薊が一本　荻原井泉水

冬の日お前が泣くそのやうに低い窓　中塚一碧楼

このように気分を思いのままに自由表現する俳句が生まれると、その中から、尾崎放哉《ほうさい》や種田山頭火《さんとうか》が現れ、口語のつぶやきのような句を作った。

うしろすがたのしぐれてゆくか　種田山頭火

肉がやせてくる太い骨である　尾崎　放哉

これを、三浦健龍は「近代自我の目覚めが、日本的ニヒリズムとしての口語短律俳句を生んだ、といってもよいでしょう」と述べている。俳句が伝統から最も離れたのが、この自由律俳句ではなかったろうか。

そうしてこの流れは、一方で昭和二十三年、市川一男により「鹿火屋」有志の口語俳句研究会が結成され、彼は吉岡禅寺洞《ぜんじどう》らとともに、「現実の生活理念と矛盾する文語では詠わない」と、俳句の口語化を推進した。

朝の星西に東に春めいて　　市川　一男

この市川が創刊した「口語俳句」をまつもと・かずやが継いでいる。

歴史にはところどころ嘘があり天皇は鼻毛おだしになる　　まつもと・かずや

もう一方では、日野草城《そうじょう》の「旗艦」を経て、伊丹三樹彦の「青玄《せいげん》」へ引き継がれる。昭和三十四年、伊丹三樹彦は「現代語の導入」とそれに伴う「活用定型」を提唱した。

脚投げて　　虻の羽音とだけの昼　　伊丹三樹彦

そして現在では、この他にも口語俳句を作っている人がおり、その人たちは文語でも作り、日野草城、伊丹三樹彦同様、定型を守っているので紹介すると、

三月の甘納豆のうふふふふ　　坪内　稔典

じゃんけんで負けて蛍に生まれたの　　池田　澄子

春の風大根抜いた穴である　　鳴戸　奈菜

パーキング・メーターが撥ね返す夕立　　四谷　龍

首締めてと桔梗が手紙書いている　　西川　徹郎

この他、自由律の住宅顕信《すみたくけんしん》がいる。〈お茶をついでもらう私がいっぱいになる〉。住宅の夭折《ようせつ》は残念であるが、自由律の短律で作っている人たちも現在なおいる

女流俳句《じょりゅうはいく》

男性の作家の俳句と区別して、女性の作家の俳句を「女流俳句」という。

近世以来、俳句は男性の作家が圧倒的に多かった。『俳句大観』（明治書院）所収の宗祇から天保期までの一七三人の俳人のうち女性は九人、五パーセントだ。男性に富裕な商人が目立つのに比べ、女性は尼か遊女か、いずれもいわゆる世間の外に立つ人が俳句を作っている例が多い。

近代になると、大正初期に高浜虚子が「ホトトギス」に「台所雑詠」欄を設けて、投句者を女性に限った。現在は「台所俳句」というと軽視しているかのような印象を与えるが、当時は女性を俳句に誘うきっかけとして選ばれた言葉だった。長谷川かな女が中心となった「婦人俳句会」も、女性ばかりの会なら出かけやすいだろうという発案だった。これが女流俳句の隆盛の発端となる。

昭和の初めに四Tと呼ばれる中村汀女《ていじょ》、橋本多佳子、星野立子、三橋鷹女《たかじょ》が活躍。以後、俳句を選ぶ女性は増え続け、現在では結社誌の雑詠にずらりと女性の名前ばかりが並んでいることも珍しくない。しかし『俳句年鑑』（二〇一九年版）に紹介された結社の主宰のうち女性は約三割。また諸家自選五句の作者のうちでは約四割。つまり俳句を作る女性の数は、男性を凌ぐが、その多くは男性に俳句の指導を受けているのだ。「女流」という言葉が廃れるのはまだ先のことだろう。

では「女流俳句」に期待されているものは何か。日常感覚、艶、自己愛、細やかな感覚、情感、肉体性、ひらめき、超自然、母性、豊饒、強靭さ……。俳句関係の出版社から時を置いて必ず出版される「女流特集」四冊から、評者の性別を問わず、女流に対するイメージを拾ってみた。「母性」のところを「父性」と入れ替えて、男性にも是非このような俳句を作っていただきたいと思う。

また「女流俳句」に欠けると言われているものは何か。反骨精神、ユーモア、磊落《らいらく》さ、方法意識……。ただし近年の女性俳人、たとえば飯島晴子、宇多喜代子の評論を読み、櫂未知子、池田澄子の実作に触れると、これらの要素が女性には本質的に備わっていない、と言い切ることはできないと思う。もちろん男性だからといって、必ずこれらの特質を持つはずもない。

実作のときには、男が作ろうが、女が作ろうが、良い句は良い、のであるが、「女流」のイメージを被せて読む読者があり、それに便乗して「女流」を演じる作者もある。その是非を問う必要はあるまい。

III　作句法

写生《しゃせい》

「写生」は正岡子規が洋画の描法にヒントを得た作句法である。子規は明治二十七年、洋画家の中村不折《ふせつ》と出会い、「スケッチ」を教えられた。そこで、ものを見て実際のありのままを描き出すことにより、月並を打破し俳句の革新を図ろうとした。これにより、単なる卑俗、陳腐、智識に頼る句は少なくなり、印象明瞭、平坦な味わいの独特の詩情の句が生まれていった。

鶏頭の十四五本もありぬべし　正岡　子規

赤い椿白い椿と落ちにけり　河東碧梧桐

「客観写生」は子規の後を承《う》けた高浜虚子が用いた言葉である。「ホトトギス」に連載した「進むべき俳句の道」(大正四年六月から同六年八月まで)では、最初は主観句重視の立場だったが、結びでは「客観の写生」を最大限に強調。以後「客観写生」をもって一派を導いた。だが、名称とは別に虚子の主観、客観の揺れは複雑である。①明治時代＝主観重視の時期。②大正時代〜昭和初期＝客観的事象の取捨選択機能としての主観を認める時期。③昭和初期＝主観と客観との感覚的な融合が認められる時期。④昭和十年代＝絶対的な客観を重視し、主観を否定する時期。⑤昭和二十年代以降＝絶対的な客観を重んじるとともに、絶対的な主観も認める時期。
（中岡毅雄『高浜虚子』より引用）

③は「客観写生」をより具体化した昭和初頭の「花鳥諷詠」の唱導と連動する。「花鳥諷詠」は四季の変化に伴う人事を含む（『虚子句集』自序）から、主観の度合いも濃くなろう。④は水原秋櫻子《しゅうおうし》らへの反動と考える余地もある。⑤は指導理念を超えた虚子自身の文学の集大成ゆえか。

流れ行く大根の葉の早さかな　　高浜　虚子
遠山に日の当りたる枯野かな
甘草の芽のとび〱の一ならび　　高野　素十
くもの絲一すぢよぎる百合の前

「主観写生」は、「客観写生」とりわけ右に掲げた高野素十《すじゅう》らのいわば純客観写生の対抗概念として使われることがある。写生俳句に主観を導入するものである。たとえば、水原秋櫻子は心を短歌的な調べにより表現しようとした。昭和六年、秋櫻子は「馬酔木《あしび》」に「「自然の真」と「文芸上の真」」を発表して「ホトトギス」を離れた。

来しかたや馬酔木咲く野の日のひかり　　水原秋櫻子
梨咲くと葛飾の野はとの曇り

現在、「写生」は各作家の個性によりさまざまに実践されている。

主観《しゆかん》・客観《きやつかん》

一般的な語彙としては、主観は個人個人の独自の見方、捉え方、客観は万人に共通した普遍的捉え方ということになろう。俳句用語としては正岡子規の『俳諧大要』中、「俳句の種類」に「一、意匠に主観的なるあり、客観的なるあり。主観的とは心中の状況を詠じ客観的とは心象に写り来りし客観的の事実を其儘《そのまま》に詠ずるなり」とあるのが早い例である。ついで子規は『俳人蕪村』で「客観的主観的両者孰《いず》れか美なるかは到底判し得べきに非ず」と言いながらも、「結果たる感情を直叙せずして原因たる客観の事物をのみ描写し観る者をして之によりて感情を動かさしむること恰《あたか》も実際の客観が人を動かすが如くならしむ。是後世の文学が面目を新にしたる所以《ゆえん》なり」と客観的描写を推奨している。

虚子は『進むべき俳句の道』で、子規の客観重視を紹介しながら、「それから年一年時日を経過するにつれて、どうも其だけの客観描写では物足らなくなって来たのであった」と当時を回想し、「見る者の主観の働きを要求する俳句」即ち「作者の主観の十分に働いた句」を推奨する。この『進むべき俳句の道』での主観尊重の印象が余りに著しかったために、虚子は連載末尾の「結論」で「客観の写生」の重要性を強調する。これは趣旨の不統一ではなく、見る者の主観の働きを要求する、客観的写生句の推奨と理解すべきであろう。

その後「花鳥諷詠」を提唱した虚子は、晩年の名著『俳句への道』で、初心者が客観写生に熟達してくると、自ずから個性が頭をもたげて主観の強い句風となり、作者の心のままに花鳥が見えてきて同時に作者の心を写す。しかし更に進んだ境地に至ると再び客観描写（写生でなく）に戻って、今度は客観の事柄を描きながら作者自身を描くようになる、とも言う。さらに同書中で、娘立子へ語りながら、こう記す。

「私は自分の主観を述べようとする場合でもその主観の上に立つ客観描写をしようと志して居る。即ち、客観の事実（景色）を通して自分の主観が窺《うかが》はれるやうにしたいと考へて居る。その主観を汲み取ることが出来ない人は、無味な客観描写の句であると軽蔑するかもしれない。それは俳句をほんたうに解釈することのできない人であると思ふ。ただ平凡と見える客観写生の底に作者の主観の火を見得る人のみが句を善解する人であると思ふ。私の句ばかりではない、私の選句も同様である」

結論を言えば、表現は何処までも「客観」が重んじられ、解釈・鑑賞には最大限の主観の動員が要求されるということになろう。俳句用語としての主観・客観は二律背反的に対立するものではない。

花鳥諷詠《かちょうふうえい》

昭和三年四月二十一日、大阪毎日新聞講演会で発表された俳句理念。活字となったのは、同年六月二十日、春秋社刊の『虚子句集』「自序」が最も早く(同序に昭和二年六月一日の日付のあることから、旧来「花鳥諷詠」の提唱時期そのものを昭和二年と考える向きが多かったが、故藤松遊子氏の論考によって前述の如く昭和三年説にほぼ定まった)、さらに「ホトトギス」昭和四年二月号所載の「花鳥諷詠」において詳述された。その骨子にあたる部分は「花鳥諷詠と申しますのは花鳥風月を諷詠するといふことで、一層細密に云へば、春夏秋冬四時の移り変りに依つて起る自然界の現象、並にそれに伴ふ人事界の現象を諷詠するの謂であります」である。「花鳥」の語の歴史は古いが、「花鳥諷詠」の直接の典拠としての「花鳥」は「自序」にも引用する「見る所花にあらずといふ事なし、思ふ所月にあらずといふ事なし」(芭蕉「笈《おい》の小文《こぶみ》」)、「花鳥に情を労して暫らく生涯のはかりごととさへなれば」(芭蕉「幻住庵記《げんじゅうあんのき》」)などで、「花鳥諷詠論」の直前に執筆されたと思われる「芭蕉の句を三種類に分けて」(「ホトトギス」昭和三年五月号所載)にも同じ箇所が引用されている。さらに同文文末には「四百年の俳諧史を通じて之を見れば正に花鳥風月の諷詠史と見るべきである」の言辞《げんじ》が見え、「花鳥諷詠論」の生まれて来た道筋を考える上で大きなヒントを与えてくれる。

「花鳥」の語は、おおよそは「季題・季語」の意であり、それを「諷詠」する、つまり十七音の調べに乗せて「詠《うた》う」ということになると、「花鳥」・「諷詠」即ち「有季定型」と短絡しがちである。しかし、それについて後年、虚子が「季題が軽視さるゝに至れば俳句といふ性質が稀薄にな（り）」、「やがて俳句を滅亡に導く」と警鐘をならしていることからも、季題・季語を「添え物」的に使用する立場とは、大いに趣を異にしていることがわかる。

また「人間は戦争をする。悲しいことだ。併《しか》し蟻も戦争をする。蜂もする。蟇《ひき》もする。其外よく見ると獣も魚も虫も皆互に相食《あいは》む。草木の類も互に相侵《あいおか》す。これも悲しいことだ。何だか宇宙の力が自然にそうするのではなからうか。そこにもの丶あはれが感じられる」（「玉藻」昭和二十七年十一月号）という虚子の宇宙観は、花鳥諷詠に向けられた「没人生」「没思想」といった批判が、いかに「的外れ」であるかを物語るもので、「花鳥諷詠」自体が一つの「思想」とまでなっていることを窺わせる。

象徴《しょうちょう》

Symbol（英）の訳語。抽象的な事象を、具象的事物や感覚的な言葉に置き換えて表現することをいう。「ハト」で「平和」という概念を表す類である。

明治三十八年、上田敏《びん》は訳詩集『海潮音《かいちょうおん》』序で、ヴェルレーヌ、マラルメなどのフランス象徴派を紹介。この後、日本の詩人たちの間には、象徴的手法が意識されるようになった。

俳句の世界では、大須賀乙字《おつじ》が「俳句界の新傾向」（明治四十二年二月「アカネ」）で象徴の方法を説明している。

季題の感想は一種の象徴である。然しながら在来の象徴は吾人《ごじん》の斥《しりぞ》くる所である。（中略）吾人の象徴は直観的に来るもの、実験上より来るもので判然たる観念や記標になつてをらぬ、即ち季題其物だけでは何等の象徴ともならぬが配合によつて特性があらはれる時其季題は象徴的に用ゐられたといふのである。

乙字は、固定観念に曝された季題趣味を斥けようとしていたことがわかる。さらに彼は、「季感象徴論」（大正八年一月「常盤木」）の中で、「季感は感情的象徴」であり、

「其故に自然を有りのままに詠じた句が直に感情象徴として現はれて来る」と述べている。

乙字の主張を要約すれば、個々の詠み手の感動や体験に基づき、新鮮な詩的言語として、「季語」を象徴的に活用すべきだということになるだろう。彼の主張を、芭蕉の有名な作品で説明してみたい。

此秋は何で年よる雲に鳥　芭蕉

上五中七は、過ぎ去っていく歳月への哀惜の念や、忍び寄る老いの感触への感慨の表出である。しかしながら、切実な内面のつぶやきは、それだけでは、単なる独り言に留まってしまう。下五に、「雲に鳥」の季語が配置されることによって、普遍性がもたらされるのである。

「雲に鳥」の表現には、伝統的な感じ方として、一抹の寂寥感が含まれている。この寂しさは、「此秋は何で年よる」という個人の感慨に結びつけられることにより、一句の中でスパークし、めざましい詩的昇華を遂げる。

一句の背景には、押しとどめようのない人生流転の実相が暗示されつつ、寂しさと侘びしさと諦観が混じり合った心情が表現されている。

リアリズム

文芸用語としては写実主義と訳され、十九世紀半ばのフランスの小説家や画家たちの思想、あるいはその方法論をいう。現実を美化せず、あるがままに描写しようとするものである。さらに、マルクス主義と結びついた社会主義リアリズムはゴーリキーやショーロホフの作品に代表される。

俳句におけるリアリズムはこうした西欧思想を導入したものであり、昭和十年代に興った「新興俳句」を支える理論となった。そこで重要視されたのは現実の社会に対する批評精神であり、おのずから反体制的姿勢を強めた。社会から抑圧を受けている生活の現実をそのまま詠《うた》うなど、現実を批判的に見つめることに重点が置かれたのである。

「土上《どじょう》」（嶋田青峰《せいほう》主宰）では、古家《ふるや》榧子《ひし》が盛んにリアリズム論を発表し、東京三《ひがしきょうぞう》（のちの秋元不死男《ふじお》）らとリアリズム俳句運動を推進した。こうした文学理論が社会主義的政治思想と分ち難くなったため、当局から危険視されるに至り、新興俳句弾圧事件に発展するきっかけとなった。

新興俳句運動は、多くの俳人の検挙によって終息を余儀なくされたが、リアリズム俳句の精神は戦後の「社会性俳句」に引き継がれたといえる。

このように、俳句における本来のリアリズムは、現代俳句の歴史を負った限定された用語として認識されるのであるが、実作現場ではより広い意味でとらえられている。また、一般文学の世界ではリアリズムが日本特有の私小説を生み出したように、俳句では境涯俳句を支える創作意識に影響が見られる。多くの境涯俳句の「境涯」とは、結核などの病気や貧困を抱えた生活であり、社会的に恵まれない境遇を意味した。そうした理想とは違う現実をありのままにうたうことは、リアリズムの批判精神の反映であった。

現在の俳句の創作現場や批評においては、リアリズムは思想性を排した単なる用語のように用いられることもある。写実や写生などの技術論と紛らわしいゆえである。言葉によるものの、絵画的に対象をありのままに描く「写生」の作品がもたらす「リアリティ」と、概念としての「リアリズム」が混同されやすいのである。リアリズムがもっていた批評性、批判性が多くの現代俳句には希薄であることが、それを助長していると考えられる。

即物具象《そくぶつぐしょう》

俳句の表現技法。対象を客観的具体的に表現することを言う。

中村幸彦は「近世的表現」の中で、西行の和歌と芭蕉の発句を比較し、俳諧の表現の客観性について説明している。

道のべに清水ながるる柳かげしばしとてこそ立ちとまりつれ　西行

田一枚植て立去る柳かな　芭蕉

西行も芭蕉も同じように柳の影に立ち止まって詠《うた》っている。しかしながら、芭蕉は「立去ってゆく柳という対象（客観）を詠出するのみで、抒情を余情に残している」。芭蕉と門人は、この客観的表現法が、俳諧の特質であったことを十分知っていたようだ。「対象を一度はつき離して、再び自分の詩境に回帰させる。自分の詩境にきざしたものは、これを客観的につきはなす。そのようなことを繰り返しているうちに一句が完成しているようである」。中村は、そのように述べている。

この「表現の客観性」という概念は、近代になって、「写生」という用語で表されることもあった。しかし、「写生」という用語には、「客観的現実的な自然に取材すること」（嘱目《しょくもく》）と、「客観的具体的に表現すること」（即物具象）の両義が含まれていたため、混乱し論点が曖昧になる場合があった。

高浜虚子は、晩年『虚子俳話』の中で、俳句の具象的表現の大切さを力説している。

　俳句は、時に作者の思想を生まのまゝで述べるやうな事もあるが、多くは象をそなへた処のものを描いて、それによつて人に伝へる。これを具象化と言ふ。（中略）具象化が足りないと、作者の考へがむき出しのまゝ伝へられる。それは芸術ではない。

虚子の唱える具象的表現技術を、昭和俳句史において、最も高度に完成させた作家が高野素十《すじゅう》である。素十の第一句集『初鴉《はつがらす》』には、即物具象表現の背後に、感性の輝きがうかがえる珠玉の名句が溢れている。

方丈の大庇より春の蝶　　素十
翅わつててんたう虫の飛びいづる
桔梗の花の中よりくもの糸
芦刈の天を仰いで梳る

抒《じょ》情《じょう》

自己の感情・情緒を主観的に述べること。「叙情」とも書く。どちらが正しいかというと、「抒」の方である。抒が常用漢字にないので、叙で書きかえるのが現代の用法である。だが、叙は順序だてて述べることで、叙事や叙景の場合はこれでよい。抒は思いを打ちあける意である。書きかえるなら「舒情」とすべきだが、こちらも常用漢字にない。叙情は当たらずといえども遠からずではあるが、見た目の字づらが違いすぎる。

さて、記紀万葉の昔から日本の詩歌は基本的には抒情詩である。

石《いは》ばしる垂水《たるみ》の上のさわらびの萌え出づる春になりにけるかも

志貴皇子（万葉集）

この歌で実景は「石ばしる垂水の上のさわらびの萌え出づる」まで。その景にふれて作者の心にわきおこった感情を「春になりにけるかも」と調べに乗せて表現したのである。感情を直接示す言葉はないが、春になれば嬉しいのはわかりきったこと（わかりきったことを述べるのは、日本では昔から野暮なこととして、しないのだ）。

俳句ではその短さゆえに、作者の感情を句の中に直接示すことはさらに難しい。しかし、俳句ももとを正せば和歌の伝統につながる。基本的に抒情の文学である。

天地の間にほろと時雨かな　高浜　虚子

かつこうや何処まで行かば人に逢はむ　臼田　亜浪

紺絣春月重く出でしかな　飯田　龍太

志貴皇子の歌と同じく、これらの句は叙景を中心としていながら十分に抒情的である。「ほろと」「何処まで行かば」「重く」に感情・情緒がにじみ出ており、全体の調べはむしろ落ちついている。

炎天の遠き帆やわがこころの帆　山口　誓子

天上も淋しからんに燕子花　鈴木六林男

鮎落ちて美しき世は終りけり　殿村菟絲子

心中の想いや情念を直接句中に示したこういった句においては、調べはますます抑制されている。内容はもちろんであるが、抒情はこの抑制された調べとあいまって読者の共感を呼ぶといってもいい。客観写生の句にさえ抒情の味わいを感得することがあるのは、このためである。

短い音数で即物的な表現を身上とする俳句で過度の抒情性を盛り込もうとすると、たちまち主観があらわになって読者の共感は得にくくなる。自制の上に成立するのが俳句の抒情であるといえよう。

抽象俳句《ちゆうしようはいく》

言葉にはもともと事や物を抽象する働きがある。例えば、机にはさまざまな大きさや形、材質があるが、それらの具体性を捨てて（捨象《しやしよう》という）、主として書を読み字を書くのに用いる台という共通部分を抜き出して、われわれは「机」という言葉を使っている。このレベルで考えると、すべての言葉、ひいてはすべての俳句は抽象だと言えなくもない。特に、俳句における季語は象徴作用を伴う高度な抽象を行う言葉でもある。

しかし、特に「抽象俳句」と呼ぶ場合、言葉をもっぱら写実のために使う（写生の俳句はその典型）のではなく、言葉そのものの持つ表現力によって一つの人工的な造形世界を形づくり、詩的な情感を喚起しようとする俳句をさす。

昭和三十年代に金子兜太《とうた》が「造形論」を提唱し、前衛俳句運動が同三十六、七年に最盛期を迎えたが、その中から暗喩、象徴、モンタージュなどの表現方法を駆使して、人間の内面的な世界を表現する抽象性の高い俳句が作られるようになった。現実の対象をそのまま描写するのではなく、対象から感受したものを言葉としてイメージ化し、作品に結ぶのである。

ぶつかる黒を押し分け押し来るあらゆる黒　堀　葦男

梅咲いて庭中に青鮫が来ている　金子　兜太

前句においては「黒」は具体的には群衆であろうが、創作過程の出発点に戻すのではなく、表現されたもの（二種類の「黒」）からさらに読者が豊かなイメージをふくらませて鑑賞することが可能となろう。それに対して、後句は梅の咲いている早春の庭から受けたイメージを青鮫というものに喩えたことによって、非現実的でありながらやや具象的なイメージを読者も共有せざるを得なくなる。抽象俳句といっても幅が広いのである。

少年来る無心に充分に刺すために　阿部　完市

この句においては、もう特定の対象というものすらあり得ない。それほど徹底的に抽象化がなされている。古今東西、少年というものはこういう存在だという、作者の透徹した主観が表れていて、少年の持つある一面を普遍化して詩に高めたのである。こうなると、言葉そのもの（ここでは「少年」）が対象となっていて、そこから感受されるイメージの深さや新しさが主題になるといえよう。

ただし、根本にしっかりした写実の技がないと、抽象は観念や寓意の陳述にとどまるおそれが大いにある。写生の基礎が十分にできた作者の進むべき選択肢の一つと考えた方がよいであろう。

心象俳句《しんしょうはいく》

「心象」は「イメージ」の訳語。心象を操作する俳句を心象俳句と呼んでよいであろう。従って、現実の風景を詠む写実俳句・写生俳句と対立する。ただし、イメージ（画像）を詩に取り込むには幾つかの方法があり、象徴主義、イマジズム、シュルレアリズムなどが欧米の詩では主張された。心象というと、幻想俳句を想起するが、それはシュルレアリズムに近いのであって、心象は必ずしも幻想である必要はない。具体的な説明はなかなか難しいが、映画でいえばS・キューブリックの「二〇〇一年宇宙の旅」などはこうした心象の手法（石柱モノリスの出現の意味、猿人の骨器が宇宙船にオーバラップする瞬間など）に満ちているといってよいだろう。

現代俳句を見よう。例えば、

頭の中で白い夏野となつてゐる　高屋　窓秋

は、直感だけでこの風景を理解することは困難で、「白い夏野」が何を意味しているかを考える必要がある。「ホトトギス」の〈花鳥諷詠〉〈客観写生〉が横行していた昭和七年という極めて早い時期に、このような高度な句が生まれたことは驚きである。

あるいは、戦後の名句に、

火を焚くや枯野の沖を誰か過ぐ　能村登四郎

があるが、「枯野の沖」「誰か過ぐ」の非写実的なイメージ（画像）は心象俳句と言ってよいであろう。特に、心象を使う詩の場合は、表向きの言葉の意味の価値以外にその言葉がもたらす連想や比喩が重要となり、「解釈」が必要となるのである。

日本にあって明治の革新によって初めて写実に目覚めたように、それ以前はある意味でイメージ俳句であったと考えられないわけではない。特に、こうしたイメージを結びつける「配合」の手法は、日本の詩歌でも古くから用いられている。例えば梅に鶯《うぐいす》、山吹に蛙、などの例である。エズラ・パウンドはこうした日本の俳句の影響を受けてイマジズムを主唱したともいわれている。ただ、欧米人の目には斬新に見えたイメージの結びつきも、実は類型的結合（月並）であった可能性が高い。俳句における本当に独創的なイメージの結合は、やはり近代になってからであった。

したたりや　かの石牢の　欠けた紋章　富沢赤黄男
雪の日暮れはいくたびもよむ文のごとし　飯田龍太
天文や大食《タージ》の天の鷹を馴らし　加藤郁乎
幾千代も散るは美し明日は三越　攝津幸彦

パロディー

パロディーは、ギリシャ語の模倣の意の「パロディア」を語源とする。音楽・絵画・写真などでも用いられる手法だが、文学では「既存の作品の文体や語句、韻律などの特徴を模して、全く別の意図のもとに滑稽や風刺、諧謔《かいぎゃく》、教訓などを目的として作りかえた作品。もじり」(小学館『日本国語大辞典』)ということになる。

これと類似するのが和歌の「本歌取り」だが、こちらは滑稽や風刺の意図はない。むしろ古歌をどれだけ知っているかなど、歌人としての教養を誇示する面がないとはいえなかった。

パロディー俳句の例を挙げる。

鼻かめば耳が鳴る也秋の風　佐藤 紅緑

「耳を患ひて」の前書がある。この句は正岡子規の〈柿くへば鐘が鳴るなり法隆寺〉のもじりであることはいうまでもない。鳴るものは違うが、原句の「○××ば●が鳴るなり◇◇◇」の調子をそのまま模しているので、それとすぐわかる。

枯蓮のうごくときなどあるものか　飯島 晴子

これは、西東三鬼《さいとうさんき》の〈枯蓮のうごく時きてみなうごく〉を下敷きにしている。構成的な三鬼の句の、発想そのものを否定してかかるところに諧謔がある。この句の場合、後半は形が異なるが、内容的に対応していることから完全なパロディーである。

筆者自身の句に〈憂ひなき色とはいへずチューリップ〉があるが、これは〈チューリップ喜びだけを持つてゐる〉（細見綾子）を念頭において作った。しかし、皮肉や諧謔という要素は薄いので、パロディーとはいえないだろう。

平成十四年七月二十八日付の毎日新聞に興味深い短歌作品が発表されていた。


おそるべき乳房の夏をやりすごす手だてもあらず朝の階段　　真中　朋久

俳人であれば、西東三鬼の〈おそるべき君等の乳房夏来る〉のパロディーであることを読み誤るはずはないが、短歌の世界でも間違いなくそう読まれるものかどうか定かではない。パロディーも本歌取りも、まずは、オリジナルの作品を読み手が知らないことには面白くもなければ、技を賞賛されることもない。したがって、最低の共通認識をもった集団においてのみ成り立つものであることはいうまでもない。

さらには、絵画や写真の作品で裁判にまでなったことがあるように、パロディーは剽窃とぎりぎりの面を持っていることも承知しておく必要がある。

定《てい》型《けい》

短歌、俳句、連歌などで、五音、七音を基準に定まった形式をいう。五

俳句は五音・七音・五音の韻律で作られ、それぞれを上五、中七、下五と呼ぶ。五七五・七七の音数を繰り返す連歌・俳諧の初めの句である発句が独立し、近代になって「俳句」という名を与えられた。上五・中七・下五の切れ目は、文節あるいは単語の切れ目となるのが原則だ。

五七五の音数にぴたりと当てはまると心地よいが、実際には「破調」（字余り、字足らず）と呼ばれる例外もある。字余りの例としては、

玉の如き小春日和を授かりし　松本たかし（上五の場合）

夏草に汽罐車の車輪来て止まる　山口　誓子（中七の場合）

盗んだる案山子の笠に雨急なり　高浜　虚子（下五の場合）

など枚挙にいとまがない。上五の字余りが最もリズム感を損なわないと考えられる。

また十七音であっても、意味の連なりが五七五の切れと一致しない「句またがり」の例もある。

海くれて鴨のこゑほのかに白し　芭蕉

「句またがり」は定型あっての逸脱といえよう。

撥音《はつおん》（ん）と促音《そくおん》（っ）は原則として一音節と数える。長音《ちようおん》（ー）も一音節と数える。

げん〳〵の生き返りたるコップかな　くに女

たんぽゝや長江濁るとこなしへ　山口　青邨

「げ・ん・げ・ん・の」で五音、「コ・ッ・プ・か・な」で五音。「ちょ・う・こ・う・に・ご・る」で七音。いずれも原則通りだ。

しかし実際に俳句を作ったり、声に出して読んだりするときには、撥音、促音、長音を含む句の音節数は揺らぐ。

窓の下ちゅうりつぷ聯隊屯せり　中村　秀好

この句の中七は原則通り読めば「ちゅ・う・り・っ・ぷ・れ・ん・た・い」と九音で字余りなのだが、「ちゅう」と「りっ」をそれぞれ一音節のように読めば七音とも取れ、結果として大きな破調は感じさせない。

先に中七の字余りの例で挙げた誓子《せいし》の句でも、「汽罐車《きかんしや》」の部分は三音節のように読むことができる。虚子の句も、下五を「あ・め・きゅう・な・り」と読める。その場合破調の印象はない。

俳句の定型は五七五の十七音節。それを基本に、息継ぎや長音、促音、撥音の揺らぎも含め、五音、七音と感じられる言葉のかたまりによって俳句が成り立つ。

一句《いっく》一章《いっしょう》・二句《にく》一章《いっしょう》

一句の途中の切れ目（句切れ）に着目して俳句の形式をとらえる考えかた。

鶏頭の十四五本もありぬべし　子規

のように、切れ目がなく一句がひとつづきになっているのが一句一章。

やり羽子や／油のやうな京言葉　虚子

のように、途中に一か所切れ目があり、一句がふたつの部分に分かれているのが二句一章である。一句一章、二句一章というときの「句」は一句のなかで分けられた部分、「章」は全体のまとまりで一句全体をさす。

古来の句を検討して「俳句は二句一章である」と言ったのは大須賀乙字《おつじ》である。「形式より観た俳句」（『乙字俳論集』）に、日本の詩は「音が比較的平板ですから、調子は主として呼吸を置く間の心持即ち句切《くぎれ》の在所を意義するところから出て来ます。換言すれば、句切の所で一寸間を置くやうな心持から大体の調子が出てをります。それでこんな短詩形ですから、句切りは大休止で、之がいくつもあつては支離滅裂になりがちます。そこで二句一章が原則と思ひます」と述べている。この論が、平板になりがちな句の調子を重視する立場から出たものであることがわかる。

途中の切れ目は、一般には、五・七五となるか、五七・五となることが多いが、

万緑の中や／吾子の歯生え初むる　草田男

のように、中七の途中に句切れがある場合もあり、これも二句一章である。また、

目には青葉／山ほととぎす／初鰹　素堂

のような三段切れは三句一章を成している。

これに対して、一句一章ということを強調したのは臼田亜浪《あろう》である。「形式としての一章論」（石楠パンフレット第四輯）で見ると、亜浪は俳句の形式を「十七音の定型律」にあるとして、五七五調に限定しない。そして、「俳句の形式は一句一章たるべきものである。一句一章として其のうちに自在の変化あらしむべきである。爾《し》かすべく言葉の単位に音韻変化の妙趣を求むべきであろう」「単に形式論よりすれば、五七五調よりも二句一章はより妥当であり、二句一章よりも一句一章は更により妥当であることを提唱するに憚《はばか》らない。期するところは、拠って以て凝固的、限定的な形式上の弊套を離脱せんとするに在る」と述べている。これも音韻についての論である。

「取り合わせ」「一物仕立て」と混同されやすいが、一句一章、二句一章は句切れに注目した形式の問題であり、「取り合わせ」「一物《いちぶつ》仕立て」は詠まれる素材に注目した作句法の問題である。数は少ないが、一句一章で取り合わせの句もあれば、二句一章で一物仕立ての句もある。

取《と》り合《あ》わせ（配合《はいごう》）・一物仕立《いちぶつじた》て

「取り合わせ」とは、一句の中に二つの素材を配合する手法である。これに対して、一句を一つの素材でまとめたものを一物仕立て、一物俳句などと呼ぶ。

芭蕉は弟子の資質を見ながら、ある者には取り合わせを、ある者には一物俳句を奨励した。師の教えとして「発句は取合せ物也」を掲げた許六《きょりく》と、「こがねを打《うち》のべたる如く成《なる》べし」で応じた去来の論争が、よく知られている。近代以降、取り合わせを「配合」とも呼ぶ。近代の取り合わせの名句といえば、先ず次の二句が頭に浮かぶ。

芋の露連山影を正しうす　飯田　蛇笏

秋風や模様のちがふ皿二つ　原　石鼎

どちらも大正三年の作。蛇笏《だこつ》の句は、近景の芋の葉に置いた露と、遠景の連山を取り合わせることによって、雄大な風景の広がりを格調高く詠《うた》い上げている。他方、石鼎《せきてい》の句は、何でもない日常の景に秋風を配合したことによって、索漠《さくばく》とした心境の表現に成功している。秋風という伝統的な季語が、象徴としての効果を発揮している。

「取り合わせ」は古俳諧以来の有力な手法だが、近代俳句の本流をなしたのは、むしろ虚子に代表される季題趣味の一物俳句だった。それゆえ、虚子の王国に叛旗を翻した秋櫻子《しゅうおうし》と誓子《せいし》は、「客観写生」の名で押し進められた「ホトトギス」の一物俳句に対するアンチテーゼを示したという面を持っている。

啄木鳥や落葉をいそぐ牧の木々　水原秋櫻子

夏草に汽罐車の車輪来て止る　山口　誓子

秋櫻子俳句の真骨頂は、二物の効果的な配合による理想的な風景の現出にある。先の蛇笏句の路線を継承しているといってよい。それは、虚子の推奨した高野素十《すじゅう》の典型的な一物俳句に対する秋櫻子の反発の具体的な表現だった。誓子は、近代的な事物と自然の配合によって、俳句の素材を一気に押し広げた。坪内稔典《ねんてん》氏は、「俳句研究」平成十四年一、二月号で、子規の取り合わせによる写生を発展的に継承したのが誓子の「写生構成」だとしているが、興味深い指摘である。

先ほどの石鼎の句に見られた取り合わせによる心境表現を発展させたのは、いわゆる人間探求派の三人である。

蟾蜍長子家去る由もなし　中村草田男

初蝶や吾が三十の袖袂　石田　波郷

鰯雲ひとに告ぐべきことならず　加藤　楸邨

季語の象徴性、寓意性を引き出すことによって、取り合わせの手法は、現代俳句の表現領域を大きく広げた。

破《は》調《ちょう》

破調とは、五七五、十七音の俳句形式の約束が破られた状態をいう。「字余り」「字足らず」「句またがり」がこれに該当するが、一般的には、そのうち特に定型からの逸脱の度合いの強く感じられるものを破調と呼ぶ。

字余り、字足らず、句またがりのよく知られた作例から見てみよう。

鎌《かま》倉《くら》右《の》大《だい》臣《じん》実朝の忌なりけり　尾崎　迷堂

兎も片耳垂るる大暑かな　芥川龍之介

木の葉ふりやまずいそぐないそぐなよ　加藤　楸邨

迷《めい》堂《どう》の句は中七が十音と大幅な字余りになっているが、読み下してみれば朗々と響き、冗漫な感じはしない。龍之介の句には、わざわざ「破調」と前書がある。上五が四音で字足らずになっている。わずか一音足りないだけだが、破調の感じは迷堂の句にも増して強い。楸《しゅう》邨《そん》の句は、数えてみるとちょうど十七音だが、はじめの八音が上五から中七にかけて句またがりになっていて、通常の五七五のリズムとはずいぶん印象が違う。

破調の作品には、定型を破る作者の明確な意図がなければならない。意味を伝えるためにやむなく字余りになっても、それを破調とはいわないのである。迷堂の句は荘重な調べそのものをもって、実朝《さねとも》忌を読者に実感させようとしている。龍之介の句は、字足らずの投げやりな口調が、倦怠感とともに暑さを感じさせる。楸邨の句は、定型では切迫した心境が表出できないと考えての工夫だろう。

口笛ひゆうとゴッホ死にたるは夏か　藤田　湘子

空はみささぎ花鶏《あとり》など居させむ　飯島　晴子

字余り、字足らず、句またがりが組み合わさり、定型から大きく外れている。しかし、定型を軽んじているわけではない。むしろ定型の韻律が背後に厳然とあるからこそ、そこからの逸脱が、作者の心理や思想を効果的に読者に伝えるのに役立つのである。だから、自由律のように定型に拘束される意志を棄てた作品は、破調とは言わない。

破調の作品は、読者に負担をかけるし、ともすれば作者の自己満足に終わりかねない。それを避けるためには、破調の俳句といえども、やはり韻文としての朗誦《ろうしょう》性を備えていなければならない。

地球一万余回転冬日にこにこ　高浜　虚子

五十嵐播水《ばんすい》夫妻の結婚三十周年を祝って贈られた句。破調だが晦渋《かいじゅう》な印象はなく、軽快なリズムが明るい内容と相まって、読み上げて心地よい。虚子晩年の至芸というべき破調の佳句である。

句《く》またがり

五七五、すなわち五音・七音・五音の三つの音節からなる俳句形式の原則に対し、この音節間をまたぐフレーズがある場合を「句またがり」という。

万緑の中や吾子の歯生え初むる　中村草田男

例えばこの句では、「万緑の中や」が上五と中七にまたがっている。句またがりを活かすことによって、万緑と吾子の歯の対照がより印象的に表現されている。

句またがりの場合でも、一句を読むリズムは五七五が原則である。草田男の句も、五七五に区切って読んで違和感はない。しかし、一つの文節が五七五の音節をまたぐ場合には、韻律に不安定さが生じ、いわゆる破調の句になる。

海くれて鴨のこゑほのかに白し　芭蕉

茎右往左往菓子器のさくらんぼ　高浜虚子

木の葉ふりやまずいそぐないそぐなよ　加藤楸邨

愛されずして沖遠く泳ぐなり　藤田湘子

これらの句も、読む側はつとめて五七五に区切る意識をもった方がよい。その結果生じる韻律と言葉のずれが、措辞《そじ》の妙味や作者の心理を際立たせるのである。湘子《しょうし》の句も「愛されずして」まで棒読みするのではなく、「愛されず」で一息置いた方が深い共感が得られる。俳句の定型は五七五なのであって、足して十七音になればよいというものではない。本来は、上五がどんなに字余りでも、中七は七音でよく、下五は五音でよい。句またがりは、その原則に抗わざるを得ない作者の内的な衝動に裏打ちされていなければなるまい。

この点に関して、近年の俳壇の傾向で気になるのは、七五五の形の句またがりの多用である。

なにはともあれ山に雨山は春　飯田 龍太

木の実のごとき臍もちき死なしめき　森 澄雄

流行の発端はこのあたりにあるのかもしれない。しかし、これらの優れた先蹤《せんしょう》があるからといって、七五五調を当然のように用いることは戒めるべきなのではないか。五七五という短い形式がなぜ完結感を持つのか。高橋睦郎《むつお》は『私自身のための俳句入門』（新潮選書）の中で、その理由の一つを、和歌史にいう古調で重厚な五七調と新調で優雅な七五調の二つの対蹠《たいしょ》的な音調を十七音の中に重畳した構造に見出だしている。だとすれば、七五五調はそこから古調で重厚な要素だけを取り除いたものだ。確かに七五五のリズムには軽みを伴った新しさがあるが、五七五の安定した定型の引力を忘れてこれを多用すれば、俳句の散文化の危険が芽を出すのではなかろうか。

字《じ》たらず

俳句は五・七・五の三分節十七音定型詩だとされる。字たらずとは、この分節を成す字が不足することをいう。結果的には合計した音数が十七に満たないが、どの分節の字がどれほどの数不足しているのか、ということを考えることが大切である。

遠近おちこちと打《うつ》きぬた哉　蕪村

蕪村のこの作品は、分節でいえば上五音が四音となっており、一字不足している。解釈すれば「秋も更けて、遠く近くあちらこちらの家々から砧を打つ音がよく聞こえてくることよ」とでもなろうか。蕪村研究で名高い藤田真一氏らは、「遠近おちこち」という調べは砧を打つ響きの擬音であるとされている。なれば「遠近とおちこちと」と定型枠に収めリフレインを不用意に使うよりも、上四音にしてリズミカルにしたほうが、冬を迎える準備に忙しい村の様子が浮かんでこよう。

世移り蘆の中州はもとのまま　高浜虚子

と言ひて鼻かむ僧の夜寒かな

二句とも上四音の字たらずである。前句は「世の中があっという間に移り変わってしまっても」という無常観を、後句は「何かすっぱりと言ってしまったその後で」という驚きをよく字たらずの効果が支えている。

明ぼのやしら魚しろきこと一寸　芭蕉

散らばれるものをまたぎて日短か　富安風生

この二句は下四音だが、「しら魚」「短日」という素材のはかなさを象徴するような字たらずである。しかし、音数上は四音だが音読する折、前句は「いっすん」と促音便を強く読み、後句は「ひいみじか」とひ音をやや伸ばすことで、五七五の定型のリズムに近付けようという無意識の作用が読み手に働いてしまうことも否定できない。

箸置きに箸八月十五日．　川崎展宏

この句の音数を上から順次数えてみると下に一字不足しており、あたかも下四音の字たらずのようだが、分節を考慮すると五・六・五という中六音の字たらずと言えよう。さらに「箸」と「八月」という名詞の間に一音分の休止符を置くことで、定型感覚に近いリズムを持つ。その一拍の休止符こそが終戦日そのものの雰囲気を十分に表現している。字たらずによって生まれた見事な沈黙の一拍と言えよう。

字たらずは一句の意味とよく呼応して用いられていることが多い。しかし、字余りとは違い概ね一字の不足に終わっており、韻律上は定型感覚を持つように作られているからにほかならない。それは五七五という最短の詩型が、もう削り取ることのできない結晶となっている

てにをは

「てにをは」とは、文法上は主に助詞のこと。もともと漢文を訓読するためのヲコト点によって示される言葉全てを指した。助詞、助動詞、接尾語、用言の活用語尾などだ。俳句の実作のうえでは、助詞と考えておけばいいだろう。

以下、代表的な「てにをは」すなわち助詞について、その特徴的な用例を紹介する。

旅に病んで夢は枯野をかけ廻る　芭蕉

作者が夢の中で枯野をゆくのではなく、夢自体が枯野を駆けめぐる。この句の荒々しさやスピード感は、「夢に」ではなく「夢は」とし、主格を表す「は」を選んだことによる。また「旅に病んで」の「で」の後に一呼吸の間がある。そのため、病んでいる現実から激しい夢の世界への転換が、より鮮やかに感じられる。

掘りきたる春蘭花をそむきあひ　星野立子

「花を」と目的格を表す「を」を使い、春蘭が意思をもって花の向きを決めているように読める。群生していた春蘭の一部を掘り取ってきたが、花はあちらこちらを向いている。「の」ではなく「を」だから、人間の思い通りにならない野生の片鱗を感じ取ることができる。

乳母車夏の怒濤によこむきに　橋本多佳子

「よこむきに」の「に」は、「なり」と言い切った形ではなく、不安定な終わり方だ。怒濤の前の乳母車という危うい感じの情景にふさわしい。またこの句には動詞がない。助詞を活用して動詞を省略することもできるのだ。

寒潮の一つの色に湛へたる　高野素十

何でもないように見える句だが、助詞の一つ一つが動かしがたい。「寒潮や」ではなく「寒潮の」としたことで、一句に切れがなく、言葉が一塊りになっている。それは冬の海の変化に乏しい色を表すにふさわしい。また「一つの色を」ではなく「一つの色に」としたことで、誰の意志でもない、あるがままの情景を思わせる。

十七音の短い形式の中では助詞は大きな役目を果たす。「てにをは」のわずか一文字の変化により、一句の情景が変わったり、一句の中に大きな空間が含まれたりすることもある。俳句に用いられる助詞は、散文の場合と同じように位置関係や主格・目的格の関係を表すだけではない。助詞一字に作者の思いやある雰囲気を込めることも可能だ。俳句を作る際、推敲する際には「てにをは」を意識して置き換えてみることも必要だ。それが最も効果的な表現にたどりつくための近道の一つとなるだろう。

かな留《ど》め

詠嘆の助詞「かな」で一句を留めること。中七に使う例もある。

寒鯉はしづかなるかな鰭を垂れ　水原秋櫻子

人生は陳腐なるかな走馬燈　高浜虚子

秋櫻子《しゅうおうし》の句の「かな」は詠嘆を伝えるとともに、韻律を整えるためにも使われている。中七と下五の間は強くは切れず、余韻をもって続き、円満な世界が広がる。

虚子の句は「かな」ではっきりと切れる。突き放したような述懐に下五の思いがけない映像が重なる。そして「かな」にこめられた思いが伝わってくる。

「かな」は思いの深さを伝え、五七五の韻律を整える働きがある。

ほとんどの場合は「かな」は下五につく。

ゆさゆさと大枝ゆるゝ桜かな　村上鬼城

葛城の山懐に寝釈迦かな　阿波野青畝

遠山に日の当りたる枯野かな　高浜虚子

大きな景色の中から、「かな」で強調されたものの姿が浮かび上がってくる。こぼれんばかりに花を湛《たた》えた桜の大木、おだやかな顔の寝釈迦、明るい枯野など、「かな」は一句の焦点をはっきりと示す。

「かな」は具体的な事物を示すだけではない。

朝顔の紺のかなたの月日かな　石田　波郷
朴散華即ちしれぬ行方かな　川端　茅舎

波郷《はきょう》の句の「月日」は過ぎ去った年月だろうか。紺色の朝顔を見ていると思い出されてくる遠い日々。「月日かな」の「かな」の思いの深さを通して、誰にでもある懐かしい時代を想像することが読者には許される。茅舎《ぼうしゃ》の句の「行方」は何もない虚空だ。散り果てて姿を消してしまった状態（虚無）が心に残る。

「かな」は名詞だけでなく、動詞や形容詞の連体形にもつながる。

紺絣春月重く出でしかな　飯田　龍太
空鬱々さくらは白く走るかな　赤尾　兜子

かな留めの優れた句は多い。多くの場合、一句の中心となる事柄に情景が収斂《しゅうれん》し、一句の中心となる物がくっきりと見える。句の形がきちんと整い、格調が高い。良いことばかりのようだが、反面あまりに俳句らしすぎて新鮮味に欠ける、さほどの感動がこもらないのに詠嘆の口調だけが浮いてしまう、形だけが整って中身がないことに気づかない、などという危険性もある。

しかし古臭さを恐れず「かな留め」の効果に挑戦する価値は十分にある。

名詞留《めいしど》め・体言留《たいげんど》め

体言留めとも言う。下五を名詞で終えること。散文ならば「蛇の首が進んでいった」と最後まで言い切るところを、〈水ゆれて鳳凰堂へ蛇の首　阿波野青畝〉と「首」という名詞で留める。「進んでいった」という動作ではなく、蛇の首そのものの姿が読み手の心に残る。

和歌にも「心なき身にもあはれは知られけり鴫立つ沢の秋の夕暮れ　西行法師」など名詞留めの例は多い。現代詩にも名詞留めはよくある。散文でもエッセイや小説では、文章のリズムに変化をつけるために名詞留めが見られる。

俳句における名詞留めの効用は、句の最後で物の姿が強調されることだろう。

小春日や石を嚙みゐる赤蜻蛉　村上鬼城

この句では赤蜻蛉の姿が眼に残る。

紙屑をもやしてゐても年の暮　細見綾子

「年の暮」というような抽象的な事柄を表す言葉も、名詞留めにされるとその情趣が読み手の心に広がる。

助詞という錘《おもり》もなしに放り出された言葉を受け止めようとするとき、知らず知らず、表わされなかった内容を補おうとする心の働きがある。その心の働きを利用し、何かを印象づけたり、一句に余韻をもたせたりするのが、名詞留めという技法だ。

高浜虚子の句集『五百句』では、そのうち百八十句あまりが名詞留めだ。「名詞＋かな」「名詞＋よ」も名詞留めと感じられるので、句集の大半の句が名詞留めという印象を受ける。名詞留めは、収まりのよい、安定した表現ということだろう。なお、名詞留めにはいくつかの型がある。

①句の途中に切れがなく、下五の名詞に向かって一句が収斂《しゅうれん》していくもの。

方丈の大庇より春の蝶　　高野　素十

この形はゆったりとした調べを持つ。

②倒置によるもの、下五の印象がより強くなる。

けさ秋の一帆生みぬ中の海　　原　石鼎

③上五で切れるもの、上五で呈示されたイメージに、さらに具体的な情景を重ねる。

冬の夜やおとろへうごく天の川　　渡辺　水巴

④中七で切れるもの。

天近く畑打つ人や奥吉野　　山口　青邨

中七までに描かれた事物に背景や点景を添える。

いずれも、俳句という「モノ」に語らせる詩型にふさわしい文体だ。

擬人法《ぎじんほう》

文芸用語。修辞法の一つ。表現対象を別のものに喩《たと》えて表す技法が比喩《ひゆ》である。その一つに、生命の無いものを命あるように表現する方法があり、活喩《かつゆ》という。散文では「土砂は一気に村を飲み込んだ」などのようによく見受けられる。さらに、人間ではないもの、つまり動植物に対して、あたかも人間が思考したり行動したりするのと同じような扱いをする表現方法があり、厳密にはこれを擬人法という。「鯨は星を仰いで悲しく泣いた」のような類である。本項では活喩も含めて述べる。

擬人法は芭蕉の句にも見られ、『おくのほそ道』の次の作などは作者の眼前の大景に対する深い感慨が見て取れる。活喩の例として次の句がある。

さみだれをあつめて早し最上川　芭蕉

芭蕉が大石田《おおいしだ》の句会の後、本合海から最上川を下った体験がよく中七に生かされているが、無生物の最上川を主語に据え、それが「さみだれをあつめて」と大景を一気に束ねるような構成にすることによって、大蛇のごとくうねる奔流が生き生きと読者の眼前に迫ってくる。かく雄渾《ゆうこん》に描くことが芭蕉の最上川に対する挨拶でもあった。

荒海や佐渡によこたふ天河　芭蕉

「よこたふ」は「よこたはる」と同義の自動詞であるので、主語は天河であり活喩表現を取っている。芭蕉が出雲崎から悲話の島、佐渡を眺めた際の万感迫る思いが、中七の蒼古《そうこ》悠久な表現に結びついている。このように芭蕉は大景を描くときに実に効果的に擬人法を使用しているようだ。

啄木鳥や落葉をいそぐ牧の木々　水原秋櫻子

赤城山での作品。啄木鳥谺の中、深まる秋の気配を、淋しげに落葉する木々を中心としてとらえた。あくまでも明るい赤城山の主人公を牧の木々とし、主語とすることによって、強い臨場感を醸し出している。読む者は秋櫻子《しゅうおうし》と共に晩秋の赤城山の自然の中に立ち、いつの間にか啄木鳥を聴きながら同化してしまっている。

ねむたくて殻を曇らす蝸牛　鷹羽狩行

胡桃割る胡桃の中に使はぬ部屋

前句の深い愛情は擬人法の成功例である。繭籠《まゆこも》るように半透明なその殻を曇らす蝸牛《かたつむり》。それをそっと見つめる作者。その視線は弱者への愛に満ち、自己の投影でもある。後句は部屋を使うのが胡桃だとした解釈において擬人法と考えた。実のない不思議な空間。胡桃《くるみ》という謎めいた素材を主語にすることで、ファンタジーは膨らむばかりである。

このように擬人法の成否は作者の対象に寄せる深い愛情によるのであって、単なる小手先の芸では衒学《げんがく》的な作品に終ってしまう危険性が大きい。

比喩《ひゆ》（直喩《ちょくゆ》・暗喩《あんゆ》）

比喩は、詩歌のみならず、文章表現上の有効なレトリックの一つである。あるものを表現するのに、別のものを示してそれにたとえ、強く印象づけることをねらう。比喩は「直喩」と「暗喩（隠喩《いんゆ》）」に分けられる。「直喩」はたとえるものを「ごとし」「さながら」「のような」「めく」「たとえば」などの語によって示すが、「暗喩」はそれを介さず「AはB」と言いきるものである。「暗喩」は、俳句よりは短歌、短歌よりは現代詩で用いられることが多い。遠い関係にあるものを詩的断定によって結びつけるのが「暗喩」といってもよい。

現代詩の表現技法を積極的に取り入れている現代の俳句もないわけではないが、伝統的な表現法を受け継いできた一般の俳句の場合、比喩は主に直喩において意識される。分析的にみて暗喩ととれなくもない作品はあっても、作者は、比喩を意識せずに言葉に反応している場合が多いように思われる。次の「金剛の露」もその例である。

金剛の露ひとつぶや石の上　　川端　茅舎

むしろ、暗喩的な断絶による関係付けの発想は、俳句では季語との取り合わせの方法に生きていると考えてもよいのではないだろうか。

俳句で用いられる「直喩」の代表的なものは「ごとく」であるが、ときに陳腐になりがちなことから、否定的ニュアンスをこめて「ごとく俳句」などといわれる。

しかしながら、「ごとく」を用いた名句は多い。

大寒の埃の如く人死ぬる　高浜　虚子

去年今年貫く棒の如きもの

白酒の紐の如くにつがれけり

たとふれば独楽のはぢける如くなり

葡萄食ふ一語一語の如くにて　中村草田男

春雪三日祭の如く過ぎにけり　石田　波郷

「ごとく」は、音数の関係で「ごと」と省略せざるを得ない場合もあるが、詰まった印象を与えないかどうか、吟味が必要である。

旗のごとなびく冬日をふと見たり　高浜　虚子

「ごとく」以外の「直喩」を用いる場合、韻文としてのしらべを保てるかどうかが、成否の決め手といえる。

ほとゝぎすすでに遺児めく二人子よ　石田　波郷

やり羽子や油のやうな京言葉　高浜　虚子

枯蓮や学舎は古城さながらに　竹下しづの女

倒置法《とうちほう》

修辞法の一つ。通常の文章では、述語に対する主語や修飾語などの順序を逆にして、表現効果を上げる方法。

「私は、絶対に行く」

例えばこれを、

「絶対に行く、私は」

とするなら、「私は」が強調され、明確な意志表示をすることになる。「AはBである」という文章を、「Bである、Aは」のように倒置することはしばしば行われる。

韻文では、意味を述べることを主たる目的とはしないため、叙述性はむしろ排除され、韻律に乗せて表現を印象づけることが重要視される。

書き初めの字が紙の中でおどり出す

これは子供の作った俳句であるが、字余りによる不自然さは別として何となく俳句らしくないのは、五・七・五の形を借りた散文に過ぎないからである。そこでこれを、

書き初めの字がおどり出す紙の中

としてみよう。

「字が紙の中でおどり出す」と意味のとおりに述べるのは、散文の語順である。後者では、「字がおどり出す」――それは一体なに？　と思わせたあとで「紙の中」のことと、いわば種明かししている構造だが、ここに俳句らしさを決定づける大事な要素がある。それは「書き初めの字がおどり出す／紙の中」とした結果、中七と下五との間の切れがはっきりし、一句に屈折が生じていることである。

散文では、十七音程度で文章として完結することは稀であり、ほとんどが断片でしかない。もちろんそれは一気に読まれ、切れ目を感じさせることもない。逆に、俳句は十七音をできるだけ大きく感じさせ、内容を深めなければならないので、どこかで切れるということがたいせつになってくる。散文の切れ端で終るか、俳句になるか、それは語順が決定することが少なくない。

俳句の語順は、何を強調したいかによっても変わってくる。

牡丹散つて打ち重なりぬ二三片　　蕪村

この句では「打ち重なりぬ二三片」は、動かしがたい語順のように感じられるかもしれないが、散文に置き換えてみると、「牡丹が散って重なり合った、二三片」ということになり、あきらかに通常の語順ではなく、倒置されている。俳句ではそれをことさら意識しないというのは、倒置法が切れの構造と深くかかわっていることを意味するのである。

重畳法《ちょうじょうほう》（リフレイン）

音楽・文学用語。
音楽の場合、フレーズを繰り返すことで強調し、印象づける手法で、有節歌曲では頻繁に用いられる。文学においても音楽的な快感を与え、しらべを整える効果がある。もっとも素朴な例としては、「むかしむかし」といったおとぎ話の冒頭にみられる形である。意味は「昔」というだけだが、繰り返すことで調子が整い、これが元来語られるものであったことを類推させる。こうしたリフレインは、固有のリズムを持つ韻文はもとより、音楽性が重要な要素である詩歌では効果的な表現技法となった。
俳句に関しては、以下のとおり。

つばめ〳〵泥が好きなる燕かな　細見　綾子

「むかしむかし」に似たリフレインだが、俳句の場合、意外にこの例は少ない。燕に呼びかけているようでもあり、字余りになっても「つばめ」を繰り返しているところに注目したい。たとえばこれを、次のような字余りを避けたものと比較してみると違いがよくわかる。

つばくらめ泥が好きなるつばくらめ

これでは、作者の心の弾みは伝わってこないのである。しかも、原句は「つばめ」が三度繰り返され、畳み掛けるような調子が一句を支えている。

雨の日は雨の日の色稲田の黄　右城　暮石

俳句でもっとも多いリフレインが、この形である。助詞などをはさんで短いフレーズを繰り返すのである。また、

雨の日は雨の雲雀のあがるなり　安住　敦

このように、「雨の」だけが繰り返される句もある。こちらも、しらべとしてはきわめてなめらかである。

秋灯を明うせよ秋灯を明うせよ　星野　立子

この句は、「秋灯を明うせよ」をそっくりそのまま繰り返すだけで一句を成り立たせている点において、いささか珍しい例といえる。結果的に字余りになっているが、そうとは感じさせない調子のよさも、リフレインゆえである。

さて、リフレインに近い表現技法の一つに「対句《ついく》」がある。これも俳句ではよく用いられる。

一月の川一月の谷の中　飯田　龍太

どこまでも麦秋どこまでも広軌　鷹羽　狩行

本来は漢詩の技法であり、俳句に用いて成功するかどうかは内容にかかっている。

擬《ぎ》音語《おんご》・擬《ぎ》態語《たいご》

昔々、おじいさんとおばあさんがゆったりと暮していました。さんさんと日が降りそそぐ朝、おじいさんは、ぴーちくぱーちく囀《さえず》る鳥の声の中、とことこ山へ柴刈に、おばあさんはどっこいしょと腰を上げると、ざあざあ流れる川へわんさか洗濯物を持ってひょろひょろした足取で出かけました。すると川上から大きな桃がどんぶらこと流れて来たではありませんか。おばあさんはぎょっとしましたが、傍に落ちていた木の枝でがっちり桃をつかむと岸へ寄せました。桃がおばあさんの手に届くと同時に枝はぽきんと折れました。

さて、これは何のお話でしょうか。桃太郎ですって。ピンポーン！　大正解。この文章の傍線部のように、実際に聞くことができる外界の音や動物の鳴き声などを言語音によって表現することを、擬音語または擬声語という。実際には音を発しないのだが、あたかも音のするように描き出す単語を擬態語と呼ぶ。この二つを総称して、フランス語由来のオノマトペという外来語を普通使う。この表現法は日本語には約二五〇〇種ほどあり、英語をはじめ多くの言語で認められる。歴史的には古典狂言から現代社会の広告のキャッチフレーズまで幅広く見受けられ、方言にも散見することができる。単純な構成のようだが、意味条件や音声条件などの規則性がある。

オノマトペは童話の世界をはじめとして実に楽しく作品の中に用いられる。宮沢賢治や幸田文《こうだあや》の作品で親しまれた方も多いと思うが、オノマトペが持つ描写力の大きさ、正確さは豊かな表現力をも兼ね備えており、読者の感覚へと直接に訴えかけ、一語で数行の文章にも匹敵する強い臨場感を醸し出す。これは俳句においても同様である。

鳥わたるこきこきこきと罐切れば　　秋元不死男

へろへろとワンタンすするクリスマス

不死男はオノマトペの名手といわれるが、一句目は「こきこきこき」という快いリズム感が「鳥わたる」風景とうまく響き合っているし、二句目の「へろへろ」とした感覚が、不死男の迎えた「クリスマス」の侘しさのようなものを「ワンタン」を介して見事に描くことに成功している。まさに人生観をも表現し得たオノマトペであるといえよう。

によつぽりと秋の空なる富士の山　　鬼　貫

むめがゝにのつと日の出る山路かな　　芭　蕉

べたべたに田も菜の花も照りみだる　　水原秋櫻子

江戸時代にオノマトペの秀吟《しゅうぎん》が多いと思うが、これは当時の人の心の豊かさ多彩さと無縁ではないように思う。

造《ぞう》語《ご》

作者が独自に作り出した言葉。もっとも、読み手に何のメッセージも伝わらない言葉では一句が成り立たない。したがって何もないところから、全く新しい言葉を作るわけにはいかない。むしろ、既成の語を組み合わせた複合語である場合が多い。

高嶺星蚕飼の村は寝しづまり　秋櫻子

「高嶺星《たかねぼし》」が造語。高い嶺のさらに上に懸かる星だ。この一語によって「蚕飼《こがい》の村」が山がちなところに位置し、高嶺に見下ろされるようであること、夜空の晴れ渡っていることが無理なく伝わる。

外国語からの翻訳も造語といえるだろう。クリスマスイブを「聖夜」というのは、holy nightの直訳として俳句にかぎらず一般的に用いられる。しかし、クリスマスツリーをあらわす「聖樹」やクリスマスケーキをあらわす「聖菓」は俳句独特だろう。

聖樹灯り水のごとくに月夜かな　蛇笏

花が切れ葉が切れ聖菓切り進む　波津女

ここまでに取り上げた造語は、もしかすると使われているうちに一般の言葉になっていくかもしれない。一方で、その一句のためだけに用意された造語もある。

瀧落ちて群青世界とどろけり　秋櫻子

「群青世界」は、滝の水をかこむ真夏の木々の深い色合いと、その広がりをあらわす。秋櫻子《しゅうおうし》は、この句を得る前年の平泉金色堂吟行《ひらいずみこんじきどう》のおりに「金色世界」という一語を知り、そこから発想したそうである（『名句鑑賞辞典』の藤田湘子による解説）。

金魚大鱗夕焼の空の如きあり　たかし

真っ赤な金魚の大きさを「大鱗」という言葉によってあらわすことができるのは、この句一回限りだ。迫力のある表現だが、誰でもが使いこなせるものではないだろう。

擬態語、擬音語にも造語が見られるが、これもその句一回きりのものだ。

たら〳〵と日が真赤ぞよ大根引　茅舎

せりせりと薄氷杖のなすまゝに　誓子

滴るような冬の夕日や、薄く剝がれるように動く氷が目に浮かぶ。擬態語、擬音語の造語は意外性が重要だ。

どうしてもこの言葉でなくてはあらわせない、と確信して作者が選んだ言葉には力がある。造語もそうした力強い表現につながる可能性を持つ。季語の「芋嵐」「竈《かまど》猫」など、造語が季語として定着した例もある。

省略《しょうりゃく》

俳句は、十七音という極度に制約された詩形である。従って、表現上、たとえ、一語一字であっても、なおざりにすることは許されない。韻文としての言葉の細やかな効用に、留意していくことが必要である。

俳句では、散文と異なる言語感覚が要求される。

一つめは、「切れ」を効果的に用いなければならないということ。

古池や蛙飛びこむ水の音　芭蕉

散文的感覚では、「古池に蛙飛びこむ水の音」となるところ。ただし、「古池に」では、単に、蛙が飛び込んだ場所の説明に過ぎない。「古池や」と休止を置くことにより、しんと静まりかえった古池のイメージが強調され、その静寂を破る「水の音」に詩的価値が与えられるのである。

二つめは、「動詞」の多用を避けるということ。一句の中に、動詞は一つ。多くても、二つまでにとどめる。

動詞は一句に叙述的性格を与える。一句の意味は、わかりやすくなるが、その反面、説明臭が強くなってしまう。

行く雁の啼くとき宙の感ぜられ　誓子
雁《かりがね》の声のしばらく空に満ち　素十

同じような情景を詠んだ作品、散文表現に慣れた読者にとっては、誓子《せいし》の句の方が親しみやすいかもしれない。しかしながら、俳句の表現としては、素十《すじゆう》の作品の方が優れている。

誓子の句は、上五「行く雁の」の「行く」が不要。特に断らなければ、「雁」だけで、空を飛んでゆくさまが連想される。下五の「感ぜられ」も、くどい印象を与える。

一方、素十の表現は無理がない。「雁の声のしばらく」とゆったりと引き延ばすような表現からは、大空の空間の拡がりが感じられる。また、「空に満ち」という客観描写から、「雁の声」と「空」が一体化した臨場感も伝わってくる。

三つめは、「てにをは」の助詞の働きに、細心の注意を働かすこと。

米洗ふ前に蛍の二つ三つ

の「に」を、一字添削し、

米洗ふ前を蛍の二つ三つ

と変えることにより、今まで、動かなかった蛍が、飛んでいるように感じられるようになる。「飛びゆく」などという動詞を用いなくても、「を」の助詞一字で、蛍の飛翔がリアルに表現できる。「省略」は、俳句表現の醍醐味である。

切字《きれじ》・切《き》れ

「や」「かな」「けり」に代表される「切字」は、俳句の句中または句末で強く言い切るために用いる言葉である。

藤田湘子《しょうし》は実作者向けに、①詠嘆、②省略、③格調を切字の三要素として挙げているが、これが俳句における最大公約数的な切字観といってよいだろう。例えば、次の三句。

秋風や模様のちがふ皿二つ　原　石鼎

遠山に日の当りたる枯野かな　高浜　虚子

くろがねの秋の風鈴鳴りにけり　飯田　蛇笏

作者の感動が力強く打ち出されていること（詠嘆）、わずかな言葉で大きな連想が拡がること（省略）、朗々とした韻文の響きがあること（格調）、いずれにおいても切字の効果を最大限に発揮している。

「切れ」とは、句中または句末で強く言い切られた箇所をいう。先の三句では、それぞれ切字の後に切れがある。第一句では、上五の後の切れが一句の中に大きな余白を生じ、季語が作品全体の主張を象徴する効果をあげている。第二句、第三句では、句末の切れが読後に深い余韻を生む。

ただし、切れは切字のある場所に限られるわけではない。

霜　柱　俳　句　は　切　字　響　き　け　り　　石田　波郷

この句の場合、句末の切れとは別に、「霜柱」の後にも切れがある。句中の切れと配合の手法を結びつけて季語の象徴性を高める技法は、とりわけ中村草田男、石田波《は》郷《きょう》ら人間探求派において発展をみた。

ところで、用語辞典の類を見ると、切字あるいは切れについての解説は、まず連歌における切字論から説き起こし、芭蕉の至言《しげん》「切字に用ふる時は、四十八字皆切字なり。用ひざる時は一字も切字なし」を結論として終わるのが通例である。しかし、これだけでは、「俳句実作」のための解説としては取り付く島がない。そもそも、連歌・俳諧の発句における切字と、発句のみが完全に分離された近代俳句における切字とでは、その性格も自ずから違ってくる。

切字の今日的意義をより明確にするためには、近代以降の俳人が、口語自由詩の存在に対して、詩の一領域としての俳句の存在意義を実作においていかに主張してきたのか、その軌跡を検証することが必要だろう。俳句が口語自由詩の修辞法に近づこうとすると、切字は軽視される。五七五の定型を前提にする限り、この韻律と千年以上結びついてきた文語を用い、切字を活用することが生産的なのではないか。新興俳句に対して「俳句固有の方法」の尊重を訴えた波郷の意図もそこにあったのであろう。

季《き》題《だい》・季《き》語《ご》

季題・季語は文字通り「季節の言葉」であり、俳句における重要な約束となっている。季節に関わる俳句の約束は大きく二つ掲げることができる。

(1)俳句に季節の言葉（季語）を入れる約束。

(2)特定の季語に特殊な意味を持たせる約束。

前者の約束は俳句では当然の常識となっている。後者の約束はさらに二つに分けて見るべきだろう。

①月は秋、花は春の桜を指すというように、天文地理人事等の語が特定の季節に配分され、または特定の季節の具体物として解釈されるもの。

②春雨《はるさめ》は小止みなくいつまでも降り続き、金屏《きんびょう》は暖かく、銀屏《ぎんびょう》は涼しくというように、特定語が制作動機やその使用に制限を与えるもので、これを「本意」とか「本情」という（本来、季語に限らない）。特に現代俳句において、後者の本意のような約束はどんどん薄れている。

江戸時代以前に季節の言葉は、「季の詞《ことば》」や「四季の題」と呼ばれていた。連歌に由来するこれらの言葉を集めたものは後世「季寄《きよせ》」と称されるが、二条良基《よしもと》の『連理秘抄』、紹巴《じょうは》の『至宝抄《しほうしょう》』、俳諧では立圃《りゅうほ》の『はなひ草』などで早く紹介されている。

これらが、季題・季語と呼ばれるようになったのはそれほど古いことではない。「季題」は明治三十六年六月「卯杖《うづえ》」で森無黄《むこう》が使ったのが初出、「季語」は明治四十一年六月「アカネ」で大須賀乙字《おつじ》が使ったのが初出である。

森無黄が最初に書いた論文「季題の用法」を読めばわかるように、明治俳句では題詠が重大な関心であり、無黄は題詠の題を、季節の題（季題）と季節以外の題（雑題）に分類し、明治の新俳句の詠み方を提案した。従って季題という言葉は後になっても題詠や（約束ごとである）本意と結び付けて理解されることが多い。虚子が頑《かたく》なに〈季題〉の用語を守っているのはよく知られているが、そこにはこうした季題趣味のニュアンスが継承されているのである。

一方、大須賀乙字は荻原井泉水《せいせんすい》の影響を受け、ドイツ言語学を下敷きにして「季語」という近代的な用語を提案する。それは約束ごととは無縁な新しい語感を持っていた。

俳句の近代化にともなって「季語」が一般的になっていくが、季語という用語を大きく拡張していくのは、昭和初期に「ホトトギス」から独立した水原秋櫻子《しゅうおうし》や山口誓子《せいし》ら近代作家たちであった。「季感」をよりどころに自然や人事社会に新しい季語を次々と生み出していったのである。しかし現代では、季語・季題のこうした区別は見分けがたい。

雪月花《せつげつか》

雪月花は『和漢朗詠集』でよく知られる白居易《はくきょい》の詩（『白氏文集』・殷協律に寄す）によって普及した言葉だ。

琴詩酒の友皆我を抛つ
雪月花の時最も君を憶ふ

この言葉は、冬の雪、秋の月、春の花と思い込まれがちであるが、唐の詩人である白居易に、月は秋の景物であるという意識はない。受容理論に従えば、それはこの詩が入ってきた日本で勝手に作り上げられた概念といわねばならない。

日本では季節の題は中国の詩文の影響を受けて細かに、かつ独特に分類されていった。すでに『万葉集』に始まり、『古今和歌集』で、春であれば立春・雪・鶯《うぐいす》・解氷《かいひょう》・若葉・霞《かすみ》・木草の緑・柳・百千鳥《もずよぶこどり》・呼子鳥・帰雁《きがん》・梅・桜・散花《ちりばな》・藤・山吹・逝く春という精緻な配列を施し、季節の分析をしていった例を見ればよくわかるであろう。

そうした一方、こうした膨大な季題を整理し、いくつかの題に整理する傾向も生まれた。川端康成がノーベル文学賞受賞記念で掲げて有名となった、鎌倉時代の道元の和歌（『傘松道詠』より）は、四季を四箇の景物にまとめあげているが、こうした傾向を典型的に示しているといえる。

春は花夏ほととぎす秋は月冬雪さえて涼しかりけり

こうした〈精緻な季語分類〉と〈数少ない季題への集約〉の伝統というものは、とりわけ俳句において日本的美学の類型としてよく活用されている。

高浜虚子の「花鳥諷詠」が自然の景物・季題を花鳥に限定して示すのもその伝統であろうし、山本健吉の季題論では、季語は偶然に季語となったのではなく一種の美的結晶物として選ばれた言葉なのだとして、全ての季題・季語を、花・時鳥《ほととぎす》・月・雪・紅葉の「五箇の景物」を中心に置き、その周囲に和歌の題、連歌の季題、俳諧の季題、俳句の季題、と約束が広がり、一番外側に約束を含まない、ラグビーやスキー、スケートなどの季語が存在すると説く（『最新俳句歳時記』）のもそうした例であろう。現代の有力な季題論には雪月花が強く影響しているのである。

傑作なのは平畑静塔《せいとう》で、季語から季題へ、更に季題の雪月花への限定を真面目に提案しつつ、なお雪月花に夏の季題がない理由として「夏は俳句はお休みである」と答えている（「季題の悲運」）。季語の数を誇る大歳時記に対する痛烈な皮肉となっている。

本意《ほんい》・本情《ほんじょう》

俳句の季語に関連した用語で本意（ほんい・ほい）・本情という言葉がある。和歌・連歌・俳諧の（多くは季節の）題に由来するが、季節の言葉には限られない。恋などは最も重要な本意が形成されている。いずれも、特定の語に特殊な意味を持たせる約束で、「春雨《はるさめ》」は小止みなくいつまでも降り続き、「金屏《きんびょう》」は暖かく、「銀屏《ぎんびょう》」は涼しく、というように、特定語・題が制作動機・関連使用語に制限を与えるもので、これを本意とか本情と呼んだ。

もともと〈本意〉の本義は和歌で生じたもので、「題詠意識の深化につれて伝統的に形成された事物の美的本性をいい、特に歌合では本意に即した表現が要請された」（日本古典文学全集・歌論集〈歌論用語〉）とされ、花は散るのを愛惜《あいせき》する心で、恋は辛くてもなお思い返さずにはいられぬ心で詠むべきとされたのが背景にある。

やがて連歌隆盛時代に入ると、連歌は座を中心とした即興の遊びとなり、その発句には特に季節的感興《かんきょう》が尊ばれ、季節の言葉が必須の条件となると同時に、和歌以来の本意がますます強まり、春雨はものしずかに、春の日はながながしく、などと口伝されるようになる。紹巴《じょうは》『至宝抄』はこうした本意の集大成となっている。

俳諧のなかでも和歌の本意を踏まえてより新しく、冬の月は冴えるを、鴨の声は驚きやすきを本意とするなどの新たな本意意識が出現してきた。〈本情〉（対象の本質的な性情）は蕉門におけるこうした見解の到達点といえる。

このように、本意というものが日本の短詩形文学に及ぼした影響は測り知れないが、一方で短詩形文学の自由な表現を制限するものとして、その近代化を遅れされる要因となったことも否めない。例えば短歌は、明治三十年頃から明星派の浪漫性、アララギ派の写実性の登場により、作品の世界から本意的要素が払拭《ふっしょく》されたのである。にもかかわらず、俳句は季語に依存するために現在まで本意的世界が残存している。

反本意運動がもっとも明瞭に主張されたのは、昭和俳句革新の推進力となった「馬《あ》酔木《しび》」であろう。個々の季語を約束から解放し、自然の中で客観的な素材として捉え直そうとした。例えば、郭公《かっこう》は高原に清新な声で鳴く野鳥であって、閑寂な趣《おもむき》の鳥〈うき我をさびしがらせよ閑古鳥　芭蕉〉と受け取る必要はないのである。

郭公や瑠璃沼蕗の中に見ゆ　　水原秋櫻子
郭公や眠りの浅き旅の夜を　　山口　誓子
朝闌けて郭公雲とさかりたる　　加藤かけい

季《き》題《だい》趣味《しゅみ》

季題の持つ趣味・嗜好、更には感想・連想・解釈を言い、従来の本意・本情に通じるものがある。その価値については、本意同様、肯定的評価と否定的評価がある。例えば、河東《かわひがし》碧梧桐《へきごとう》は在来の季題趣味によらない新しい俳句を新傾向俳句に求めたが、高浜虚子は俳句の本質は十七字と季題趣味にあると述べている。

この両者の主張の相違は、いずれも初期の作品、

赤い椿白い椿と落ちにけり　碧梧桐

春雨の衣桁に重し恋衣　虚子

から明瞭にうかがわれるだろう。

碧梧桐・虚子の対比は、その後、碧梧桐が新傾向の俳句を「作者特有の主観」「個性発揮」「現状を打破する新思想」「実感を主とし印象を重んずる」などのキーワードでますます先鋭に表現し、虚子が「花鳥諷詠」に思想を集約したことにより、季題趣味は近代俳句のメルクマールとして、より重要な役割を果たすこととなった。

とはいえ季題趣味には、当然季題が必須であるが、ただし季語ではなく季題である

ことから明らかなように、題詠的な約束ごとが浮かび上がるのは避けられない。また、季題の約束はある程度限られたものであるから作られる作品がワンパターンとなり、発展が乏しく誰が作っても同じような作品になりやすい。

現代俳句の大きな問題となっている類型句の生まれる原因ともなっている。例えば、『日本新名勝俳句』（昭和六年四月刊）に、〈瀧〉という季題で次のような名句が載っている。

瀧の上に水現はれて落ちにけり　後藤　夜半

しかし、この時違った場所の瀧を詠んだ多くの同工異曲の俳句も生まれているのである。

瀧水の現はれてより落つるまで　星野　立子
瀧の面に霧現れて走りけり　細谷　暁雪
瀧の水溢れてひろく落ちにけり　桑原すなお
大瀧の水追ひ打つて落ちにけり　田中　素耕
現はれて霧に落ちこむ華厳かな　小泉　静石
落ちかかる水ふり仰ぐ瀧の上　石井迎雲居

季《き》感《かん》

季語・季題には、大きく二つの考え方がある。それは季語を季節の約束として見る考え方（約束説）と、季感が集約された言葉と見る考え方（季感説）である。もちろん、季感を無視して季節の約束があるわけではないし、季感は伝統的な季節の約束から命を得ている。

明治となり俳句が近代文学として生まれ変わったとき、新鮮な主張として受け容れられたのは季感説だった。ここでは大きく三つに分けて季感の主張をまとめてみる。

(1)大須賀乙字《おつじ》の季感象徴説

大正八年、主流の「ホトトギス」からは一歩距離を置いたところにいた大須賀乙字は、「季感象徴説」を発表している。ここで乙字は、俳句は季感（自然によって喚起される感情）を統一的情趣として持つべきで（乙字はこれを作者の感情的な象徴となっていると見た）、この季感の中核を成す自然の物象を季語と呼んだ。

思 は ず も ヒ ヨ コ 生 れ ぬ 冬 薔 薇　　碧梧桐

(2)「馬酔木《あしび》」系作家の季感季語の拡大

季語・季感の創始者ではあったが偏狭な立場を取った乙字説（人事は季語でないと

したのは有名）を、実作の場で拡大発展させたのが「馬酔木」系の作家だった。彼らは乙字の態度をいっそう推進させた。自然観察を促し、科学的な見方の上に文学的感動を結びつけ、従来の季語の是正と新季語の創設に努めた。「馬酔木」が主唱した山岳俳句、高原俳句は新鮮、多彩、豊富な季語を生み出した。

郭公や瑠璃沼蕗の中に見ゆ　秋櫻子

朝焼の雲海尾根を溢れ落つ　辰之助

(3)鷹羽狩行《たかはしゅぎょう》の季感発展説

山本健吉は虚子と並ぶ約束説の最大の論者だが、戦後俳句が隆盛する中で、この健吉説と調和を図りつつ、新しい季感説を主張したのが鷹羽狩行だ。狩行は季題が持っていた本意を根源的季感と置き替えて、この季感の範囲内で具体化され新しい季語が生まれていくと言う。だから、「夏衣《なつごろも》」という伝統的季題から、夏服・白服・羅《うすもの》・白シャツ・アロハ等々と新季語が生まれて行く。

大瀑布運河《キャナル・バード》鳥は飛沫《しぶき》の類　狩行

太陽をＯＨ！と迎えて老氷河

季感が全てということになれば、季感さえあれば季語は要らないという無季論になる恐れがある。しかし、季感こそが俳句の新しい生命の源であり、新しい季語は季感によって生まれることも間違いないのである。

無《む》季《き》

連歌の伝統を継承した俳諧は、一句の中に季節の言葉を入れることを求めた。しかし、芭蕉ですら「無季の句ありたきものなり」とも言い、「いかなる故ありて四季のみとは定めおかれけん。そのこと（理由）を知らざれば、暫く黙しはべる」という懐疑的・判断停止的な態度を取っている。俳諧を継承した俳句ももちろん季節の言葉を採用した。

しかし、この問題の複雑さは、例えば季節を尊重するといっても、伝統的な季節の約束を優先する季題派と、季語の前提となる季節感を尊重する季感派に分かれる。季感派（現在の俳句作家の大半を占める）の主張は突き詰めると、季感さえあれば必ずしも季語を入れなくてもよいという無季に近い主張となるところからもうかがえる。

俳句史上大きく〈無季〉問題が取り上げられたのは近代になってからであり、特に文学的な主張として浮上し、その肯定が行われたのである。

まず第一波は明治末の新傾向俳句の後、碧梧桐《へきごとう》派の中塚一碧楼《いっぺきろう》、荻原井泉水《せいせんすい》らによって自由律・定型否定とともに主張された。第二波は、昭和初期に「ホトトギス」の花鳥諷詠俳句に対抗して起こった前期新興俳句が、吉岡禅寺洞《ぜんじどう》の無季俳句の主張を皮切りに後期新興俳句となり、無季を巡って展開されることとなった。第三波は、昭和三十年代の前衛俳句運動において、詩的手法として主張されたものである。

このように見ると、無季俳句は無季そのものの価値もさることながら、新しい俳句運動とセットになって大きな衝撃を与えていたことがよくわかる。それぞれの時代を代表する作品を挙げてみる。無季が傑作を生まないというのは間違いであるとよくわかるだろう。

風の明暗をたどる　種田山頭火
入れものがない両手で受ける　尾崎放哉
しんしんと肺碧きまで海の旅　篠原鳳作
白馬を少女瀆れて下りにけむ　西東三鬼
朝はじまる海へ突込む鷗の死　金子兜太
天文や大食《タージ》の天の鷹を馴らし　加藤郁乎

現在、無季俳句の声高な主張がないのは、それが間違っているからというより、新しい俳句運動が行き詰まっている理由の方が大きい。無季俳句は、俳壇が活性化しているかどうかを判別するリトマス試験紙のような役割も果たしているのである。

歳時記《さいじき》

名称としては貝原益軒《かいばらえきけん》『日本歳時記』（貞享五年刊）が古いが、俳諧・俳句の季題（季語）集という意味合いからは、馬琴《ばきん》の『俳諧歳時記』（享和元年刊）をもって「歳時記」の嚆矢《こうし》とすべきか。その増補版である『栞草《しおりぐさ》』は近世を通じ明治に到るまで広く愛用された。名称にこだわらずに季題（季語）集という要素だけで見れば『毛吹草』（正保二年刊）、『山の井』（正保四年刊）あたりにすでに実用的な価値はさだまっていた。

近代を迎えて、明治五年の新暦採用は歳時記編集の上で大問題となったが、およその歳時記類は新暦に従い、一月を「新年」と扱って「春」そのものとはしないことで辻褄を合わせた。さて近代になって最も注目すべき歳時記は改造社版『俳諧歳時記』（昭和八年刊）で、当時可能なもっとも強力な編集メンバーによって作られ、収録季題数もかつてない規模に膨らんだ。一方、昭和九年には三省堂版虚子編『新歳時記』が上梓された。こちらは改造社版が網羅的に季題を収録したのに対し、収録季題数を大きく制限することを特徴とし、さらにそれまでの歳時記類が踏襲していた類題編集を止め、一月から十二月までのおよその時の流れに従って季題が配置されている点にも特徴を見せた。

戦後の歳時記としては、角川書店版『図説俳句大歳時記』全五巻（昭和三十九年〜四十一年刊）が名著として他の追随を許さない、と言えよう。全五巻を春夏秋冬及び新年に分かち網羅的にできるだけ多くの季題を収録している。また解説も戦前の改造社版同様、近世歳時記類の記述の紹介も含めてほぼ遺漏《いろう》がない。さらにふんだんに写真を掲載したことも特徴であり、刊行当時はその斬新さに目を見張ったものである。が、今となってはひと昔前の映像として懐かしさを感じさせてくれる点、やや皮肉な楽しさがある。同じ角川書店版としては『ふるさと大歳時記』全七巻、別巻一（平成三年〜七年刊）もその膨大さにおいて『図説』を遥かに凌ぐ大部なものになった。地方復権の時代、さらには日本文化の海外発展などを視野に入れた企画であった。

講談社版『カラー図説日本大歳時記』なども収録された写真の美しさに目を奪われる。いずれまた遠からぬ将来に、再びこうした網羅的な大型歳時記が企画される日があるだろうが、その場合はおそらく音声・映像に画期的な新しさが盛り込まれていることであろう。また三省堂版虚子編『歳時記』がすでにそうであったのだが、季題の取捨、例句の採用不採用という観点から、各俳句結社単位の「歳時記」も増えてきている。古くは秋櫻子《しゅうおうし》編『季語集』、『風生歳時記』など。現今の結社にも結社独自の歳時記を編集する傾向が今後強まるであろう。

調《しら》べ

「調べ」とは詩歌の音楽的効果をいう。その意味では、韻律、ひびき、リズム、声調などの用語と本質的な違いはないが、俳句においては、特に水原秋櫻子が短歌の調べを俳句に導入しようとした文脈で理解される。

秋櫻子《しゅうおうし》は大正十四年頃、客観写生句が主流を占める当時の「ホトトギス」雑詠欄において、かつて窪田空穂《くぼたうつぼ》に学んだ短歌の調べを俳句に導入する試みを始めた。その成果は、外光に満ちた素材の新しさと相俟って、俳句表現に一大革新をもたらす。当時の秋櫻子の代表的な作品は、

高嶺星蚕飼の村は寝しづまり　（大15）

山焼く火檜原に来ればまのあたり　（大15）

梨咲くと葛飾の野はとの曇り　（昭2）

など。これらの作品の調べは、『万葉集』の表現を多く取り込んだことから万葉調とも呼ばれた。秋櫻子に呼応して、初期の山口誓子《せいし》も万葉調を多用している。

唐太の天ぞ垂れたり鰊群来　（大15）

住吉に凧揚げゐたる處女はも　（昭2）

秋櫻子が短歌の調べを持ち込んだのは、単に音楽的効果だけを意図したものではない。秋櫻子と対峙した高野素十《すじゅう》の俳句も、

甘草の芽のとびとびのひとならび

など内容に即応した音楽性に満ちている。秋櫻子の狙いは、むしろ主観の表現にあった。虚子の提唱する客観写生に飽き足りなかった秋櫻子は、対象はあくまで客観的に描きつつ、言葉の抑揚の変化によって対象に対する作者の心持を表そうとしたのである。

しかし、調べの尊重は、他方で切字の否定ないし軽視という結果をもたらした。上五を「や」で切り、下五を名詞止めにするような型にはまった表現は、調べを自在にすることを妨げるとみなされた。俳句の表現を短歌のそれに近づけるにあたって、俳句固有の切字を重んじる理由はない。秋櫻子自身は要所で切字を使っているが、切字否定の主張のみ一人歩きして迎えられ、俳句の散文化を促す一因となった。この潮流に危機感を抱いて、切字の尊重と韻文精神の回復を訴えたのが石田波郷《はきょう》である。

それでは秋櫻子の主張に今日的意味はないのか。戦後の短歌は字余り・字足らず、句割れ・句またがり、口語の導入など表現の大胆な革新が繰り返され、それと併行して歌人による韻律論も活発である。これに対して、近年の俳句は漫然たる文語調表現に安住して、詩歌本来の音楽的要素の探求をないがしろにしているのではないか。秋櫻子の問題意識を、今一度引き寄せてみる必要がありそうである。

余情《よじょう》・余韻《よいん》

「余情」は余りのこころ、「余韻」とは余りのひびきという意で、言外にただよう情趣、気分情調を言う。余情は「よせい」とも言う。『忠岑十体《ただみねじってい》』でも、十体のひとつに「余情体」が立てられていて、和歌では古くから余情を重んじ、言外に微妙な気分情調のただようのを秀歌の条件とする伝統があった。特に藤原俊成《としなり》は、余情美を「艶」「あはれ」「幽玄」などの語によって精緻にとらえようとしている。歌論で深められた余情は、歌論のみならず、中世の連歌、能楽などにも及び、表現美の最高理念として尊重された。

和歌で余情が重んじられたのは、短小な詩型であったことと関係する。短小な詩が散文に劣らない表現を獲得するためには、言葉に表れた以上のものを表現しなければならない。その事情は俳句でも同じで、元禄期に、連句で面影付《おもかげづけ》、景気付《けいきづけ》などに関連して余情が説かれた。

蕉門で行われた「にほひ」「うつり」「ひびき」などという付け方は、前句の気分情調を感じ取って、気分に気分をもって応じる付け方で、余情を重んじる考えから出たものにほかならない。

では、余情、余韻のある表現を獲得するには、どうしたらよいか。先人の言葉から拾ってみると、心敬《しんけい》の「ささめごと」に、「言ひ残して理なき」という言葉が見え、

(1)全部言わず、言い残しておくこと、

(2)理屈を排すこと、

この二点を取り出すことができる。この考えは芭蕉にも受け継がれていて、『去来抄』に「発句はかくのごとく、くまぐままでいひ尽くすものにあらず」という言葉がある。また「謂ひおほせて何かある」というのも同様の考えから出た言葉である。去来が〈下臥《したぶし》につかみ分けばや糸桜〉(巴風)について、「よくいひおほせたるに侍らずや」と言ったのを受けて芭蕉が言ったもので、やはり言い尽くすことをいましめたものである。

では、表現をどのくらい抑えるかというと、「句は七八分に言ひ詰めては、けやけし、五六分の句は何時までも聞き飽かず」と芭蕉は言う(「蕉門俳諧語録」)。

余情、余韻は、表現を抑えることによって生まれる、というこの考えは、現代詩学で言う「あいまいの美」にもつながる。

こういう俳諧美学が理屈を排するのは当然で、言い尽くす表現はとかく理に落ちやすい。俳句革新にあたって正岡子規も、理屈は詩に属さないと言い、自派と月並俳句を区別するにあたって、理屈を排するかどうかということをめじるしにしている。

ただごと俳句《はいく》

普通の平凡なことをそのまま詠んだ句。批評用語として軽蔑的につかわれることが多い。ただし、和歌の用語としてはかならずしもそうではない。「ただごと」は「直言」とも「徒言」とも書くが、俳句のそれは「徒事」があてはまる。あるいは徒事を「徒言」であらわしたのが「ただごと俳句」とも言えようか。

古くは『古今和歌集』序に「ただこと歌」という語が見える。歌を六種に分類したなかに出てくるが、例にあげられているのが、

いつはりのなき世なりせばいかばかり人の言の葉うれしからまし

という歌であることから見ても、これは歌の優劣にかかわるものではないだろう。比喩や歌語などのレトリックをつかわず、普通の言葉で飾らず率直にうたうのが「ただこと歌」であった。江戸時代の小沢蘆庵《ろあん》は、『古今集』を受け継ぎ「ただ言歌」(『布留の中道』)を説いた。「古人のただ言歌といふは、心を求めずして思へる所を詞を飾らずして詠ずるをいふなり」と定義されてあり、蘆庵は、自然に湧きおこる感情を日常の言葉で飾らず表現するのを理想とした。

近世の俳諧では、広瀬惟然《いぜん》の詠んだ口語調の句、

梅の花赤いは〱あかいはさ

水鳥やむかふの岸へつうい〱

などがそれにあたるものだが、これは去来など蕉門の俳人には評判がよくなかった。芭蕉は連句の付句で惟然のこういう傾向の句をほめたことがあるが、これは「かるみ」とも関係があるだろう。理屈や飾りの多い「重くれ」た句から「かるみ」に進むためには、いったん句にまとわりついているわずらわしいものを除かなければならないと考えていたからである。ただし、ただ日常的で平凡な句と「かるみ」の句とは違う。浅き砂川のようにさらりとしていて、それでいて意味のある句というのが、芭蕉のめざしていた境地だった。

末流《まつりゅう》が創案者のこころを忘れて、かたちだけまねるのはこの時代にかぎらない。近代でも、虚子の説く「平明にして余韻ある句」という理念は余韻が忘れられて日常の凡事をそのまま詠む「ただごと俳句」を簇出《そうしゅつ》させた。しかし、「ただごと」には飾りを捨てるという意味もあった。蔑称ではない「ただごと俳句」というものも考えられていい。言葉のあやでおもしろおかしくした句、機知で表面だけかすったような句が多くなった現今では、そうした傾向を反省する点からも、日常のただごとを飾らない言葉で詠む俳句が、もう一度考えなおされてもよいのではないだろうか。

座《ざ》（座《ざ》の文学《ぶんがく》）

連歌・俳諧の会席の意。尾形仂《つとむ》氏の『座の文学』によれば、直接、句座をともにする集団を「一次的座」と呼ぶのに対し、空間を隔てて、同時代的に影響を与えあい、文芸上、精神的共同体が形成されている場合を、「二次的座」と呼んでいる。

この「一次的座」「二次的座」は、共時的に結びついているが、尾形氏は、更に、通時的に影響を与えている人々をも、「座」と見なす視点を提示している。

夏　草　や　兵　ど　も　が　夢　の　跡　　芭　蕉

の句が、杜甫《とほ》「春望《しゅんぼう》」の〈国破レテ山河在リ、城春ニシテ草木深シ〉を踏まえていることは有名だが、このように、芭蕉に影響を与えた杜甫・西行・宗祇《そうぎ》などの先人も、広義の「座」を形成していると考えるのである。

現代の俳句結社制度は、尾形氏の論の「一次的座」に該当する。俳諧の発句から独立して、十七音の完結した詩型になったにもかかわらず、今なお、俳句の世界に、「句会」「吟行」という、俳諧時代の共同体的な性質を帯びた活動形式が残っているのは、ある意味では、興味深い現象であろう。

「句会」「吟行」というのは、非効率的な営みである。しかしながら、コミュニケーションの無機質化が促進されている昨今、「座の文学」の前近代的性質は、逆に価値あるものと言えるのではなかろうか。

「句会」では、作者と読者が同一空間に存在している。作者は、自己の作品に対する反応を、即時的に受けとめることができる。ベテランも初心者も、同一線上に並んで、選句というかたちで相互批評を行う。更に、「吟行」では、作品が作られた「時間」「空間」そのものまで連衆と共有し、自然対人間、人間対人間の直接的なコミュニケーションを体験できる。

質の高い「座」を求めるのならば、優れた作家が所属している「結社」「句会」を選べばよい。気軽に楽しむのならば、初心者ばかりで同好会を作ればよい。「座」の質は、多種多様であるが、その選択権は、あくまで個々の参加者の側にある。

インターネットの普及により、日常のコミュニケーションからは、身体性が著しく欠落しはじめている。生身の人間と人間が出会うことなく、情報交換するネット句会が常態化している。コミュニケーションにおける身体感覚の喪失。その機能回復の一つの可能性として、リアルな「座の文学」は、新たな意味を持ちはじめているのではないか。

俳句《はいく》結社《けっしゃ》

『広辞苑』を引くと、結社とは「多数人が特定の目的達成のため継続的な結合関係を結ぶこと。また、その団体」とある。俳句結社の目的はいろいろあろうが、俳誌の発行とすればおよそ言い尽くせているだろう。最新の『俳句年鑑』の「全国結社・俳誌」に紹介されている俳誌数は約八〇〇。これが即ち総合誌の把握する結社の数だとみてよい。

俳句結社の基本的なスタイルを確立したのは、明治末年「ホトトギス」に雑詠欄を設けて俳壇に復帰した虚子である。すなわち、主宰者が選者として会員の投句する作品を閲し、入選作品が誌面に掲載されるという形態が現在も続いている。同人誌的運営を行う結社もあるが、俳句結社の本質は選句を通じた選者と投句者の師弟関係にある。

俳句は「座の文芸」と称される。極端に短い詩型ゆえに、俳句では作者の意図した内容がそのまま読み手に伝わるとは限らない。俳句は、読み手との交響によってはじめて作品として完結する。その交響を実現する場が、俳諧の時代においては連衆《れんじゅ》であり、現代では結社だといえよう。

虚子が「選は創作なり」と言ったのは、結社制度を確立した虚子自らの読み手としての矜持《きょうじ》を示したものだ。近代個人主義に基づく文学意識の下では、作者本人の創作活動が何より尊重されてしかるべきところだが、結社制度における投句者の作品は、一方的に選句され、場合によっては添削されることもある。それが許されるのも師弟関係が基底にあるからである。それだけに、選者には高い力量が求められる。

今日の結社の問題として、その細分化が指摘される。

甚平や一誌持たねば仰がれず　　草間　時彦

俳誌を持たない草間氏のこの句には、皆が主宰者になりたがる俳壇の風潮を揶揄《やゆ》する気分も見え隠れする。虚子の「ホトトギス」を一つの理想とするならば、結社はすぐれた選者の下で、ある程度大きな方がよい。もちろん、芭蕉の時代の連衆に匹敵する高い自覚を備えた少数精鋭の作家集団を目指すものならば別である。

結社のあり方も時代とともに変わっていくのだろう。師弟関係を結ぶというより、自分の好みに合った選者を選ぶという意識が広がり、複数の結社に所属することも一般化している。インターネットの普及は、結社をより開放的で自由なものにしていくだろう。しかし、俳句という伝統的詩歌を生む過程が、すべて現代的な合理性で割り切れるのかどうかはわからない。少なくともこれまでの結社は、ある種の封建的閉鎖性を持ちながら、すぐれた俳句の古典を世に残してきたのである。

句《く》会《かい》

若い藤田湘子《しょうし》が、石田波郷《はきょう》を清瀬の療養所に訪ねて詠んだ〈鐘鳴りて療園は晝雪やまず〉〈また逢はむ外套着るを見られをり〉の二句を翌日の「馬酔木《あしび》」の句会に出したところ、合わせて八十七点も入った。すると、石川桂郎《けいろう》が近づいてきて、「高点を稼いでいるうちは、まだ本物じゃねえ」と言ったそうである。

ここでいう高点とは、出席者の互選の点数のことだが、この互選方式は、伊藤松宇《しょうう》ら椎の友社の創始によるものと知られている。はじめて椎の友社の句会に出席した正岡子規は、得点を競う面白さに徹夜で興じたという。それまでの句会は、職業俳人である宗匠《そうしょう》が一般素人《しろうと》の俳句の選をするものだった。それに対して、互選方式は、出席者が対等であることが前提となる。これは、各々の個性を主張しあう子規たちの近代的な文学意識に適うものだった。

しかし、高浜虚子が「ホトトギス」において始めた雑詠欄が俳句結社に定着するのと並行して、その後の句会は、互選方式は残しつつも、その会の指導者の選を特に重視するものとなっていく。プロの選者と指導を受ける投句者という構図が、再び生まれるのである。互選の高点句を選者がとらない、あるいは誰もとらなかった句を選者が称賛するということが、しばしば起きる。

わずか十七音の俳句形式では、作者の感動のすべてを記述することはできない。俳句作品は、作者の感動を読み手にも呼び起こすための鍵である。読み手に渡された鍵が、作者の意図通りに働くかどうか、その確認の場が句会だといってよいだろう。鍵が読み手のどの抽斗《ひきだし》にも合わないということも少なくないし、作者の予期しなかった抽斗が開いて驚かされることもある。俳句は読み手を得てはじめて完成するといわれる所以《ゆえん》である。

句会の高点句は、多くの人の抽斗に容易に合う鍵である。それゆえに、そこには類想を含むことが多い。すぐれた選者は、類想を排し、俳句の堆積にまったく新しい風景を開くユニークな鍵を見出す。虚子が「選は創作なり」と言ったのは、そんな選者の自負を述べたものだ。互選といえども、出席者は読み手としての力を尽くして選に当りたい。自らの選と指導者の選の相違を吟味することは、その人の作句にも多くの示唆をもたらすはずである。

俳句において読み手の役割の重要性が変わらない以上、句会が意義を失うことはない。作り手と読み手の高度なコミュニケーションによる句会の醍醐味は、小林恭二氏の著作『俳句という遊び』『俳句という愉しみ』（岩波新書）が鮮やかに示している。

題詠《だいえい》(席題《せきだい》・兼題《けんだい》)

題を決めて俳句を作ることをいう。席題、兼題もこれに含まれる。自分で題を課して詠むことをもいう。

席題は、句会のその席上で出される題で詠むものである。季語を題とすることが多いが、文字を題として詠み込む方法もおもしろい。即興ゆえに、過去の俳句体験の総動員による瞬間芸的な要素がある。

兼題は句会に先立って、題があらかじめ宿題として提示されるものをいう。季語を題とする場合がほとんどである。日にちに余裕があるので、じっくり季語を研究し、作り込むことができる。

題詠、とりわけ季語の題の場合には、題の趣意をよくとらえて詠むことが肝要である。その季語の持つ本来の性質である本意・本情を十分把握することにより、共鳴の得られやすい句ができよう。

題詠は同一の題で競い合うことから、句会同席者の季語の理解の深さ、発想の妙、想像力の広さ、日常の観察眼のこまやかさ、卓抜した叙法などを学ぶことができる。

また、そのため、座の文学としての連帯意識もおのずからいっそう強まることとなる。

さらに、同一題競詠の文芸上の遊戯的な側面は、俳句上達の潤滑油ともなろう。

桐一葉日当りながら落ちにけり　高浜　虚子

みちのく の淋代《さびしろ》の浜若布寄す　山口　青邨

ともに席題による題詠。

前者は一九〇六年（明治三十九）虚子庵における三人句会の題詠での作品という。いかにも眼前の景のように見えるのが、虚子の手腕か。その裏に、この季語「桐一葉」の典拠である中国古典の『淮南子《えなんじ》』はもとより、朱熹《しゆき》の「偶成詩《ぐうせい》」の一節、「階前の梧葉已《すで》に秋声」なども念頭にあったはず。

後者は一九三七年（昭和十二）、「若布《わかめ》」という題による題詠作品。ところが、青邨《せいそん》は現地を見たことがなく詠んだという。この句に関して「教訓。俳人は見てきたような嘘をつくこともある」と書いたのは、山本健吉（『現代俳句』）。「文芸上の真」の勝ち。

去年今年貫く棒の如きもの　高浜　虚子

みずから題を課した題詠。

一九五〇年（昭和二十五）十二月二十日、新年のラジオ放送のために作ったものという。季語の中に虚子の老いの感慨、人生哲学が太く貫かれている。

このように、題詠から数多くの名作が生まれていることに注目したい。

嘱《しょく》目《もく》

目にふれること。また、ある物に目を向けること。俳句では「題詠」に対立する句作法の意味で用いられる。

芭蕉の言として有名な「松の事は松に習へ、竹の事は竹に習へ」(三冊子)も「私意」を離れよの謂いで、対象物を凝視する中から、その本質を見極めようとする態度において「嘱目」の奨励と考えても大きな誤りにはならない。

さて近代の俳句が正岡子規によって産声をあげた頃には、彼ら日本派の作句方法は概ね「席題」による題詠であった。即ち三々五々集まってきた連中には、句会場でその日の「題」が示され、各自はそれらの「題」(多くは季題であったが、時には季題ならざる語のこともあった)を連想の元に置いて、過去の記憶などを回想して一句を得るものであった。そうやって案出した十句なり二十句を短冊に認めて運座を行う方法は、現在と大差はない。ところが、こうして題詠を重ねるうちに自ずと発想の固定化を招き、新鮮な句を得ることが難しくなるのは当然であったろう。

大正時代にはいると、写生に精緻さを求める機運とも重なって、虚子周辺を中心に「吟行」という方法が多く採用される。これは句を拾うために山野を歩くことであるが、「題詠」と異なり、ともかく山野を渉猟して、実際に出会った季題をそのまま写生しようというのであった。

題詠はかつて見た景色を回想して作句するので、頭に強く印象されたものを詠《うた》うことになり、季題の本情に即した佳句を得やすいように思われるが、ついつい小主観が働いてやや「月並み」な句を生みやすい。

一方、「嘱目」は実景の微細な姿を凝視し、誠実に「写生」をして作るので、題詠では思いもつかぬ、自然の姿を句に詠ずることができる。さらにその微細な「景」が造化の本質に根ざした姿である場合すらある。そのあたりにこそ「嘱目」の最大の妙味があるといえる。ただしこのことは気をつけないと、眼前の微細な事実にばかり興味が走り、季題の本来持っている「本情」に全く顧慮《こりょ》を欠いた、微細な事実の「報告」、即ち「トリビアリズム」に陥る危険性もあるということだ。

昭和時代に入ると、虚子周辺の「武蔵野探勝会」に代表されるような、写生のための吟行会がしばしば催されるようになる。これらによって、「嘱目」は近代の俳句作法の中心的な方法として広く採用されるようになり、季題の前にじっと佇む「俳人」の姿を、多く見かけるようになった。

「嘱目」で得た句形を更に書斎で推敲して一句をなす、という方法を取る現代俳人も少なくない。

選《せん》句《く》

俳句を作る人の多くは結社や新聞俳壇、綜合誌の読者投句欄などで選を受ける。先達の選を仰ぎ、自らの道を探ることが俳句上達のプロセスといえるだろう。選句された作品から、俳句とはどのようなものであるかを理解していく。ここで自分では思ってもみなかった自作の特徴に気付き、新境地を切り拓くこともあり得る。

そこで重要となるのが選者との相性だ。結社に入門したての頃、その主宰がどういう俳句を作り、いかなる主義主張を持っているか、ということまで調べて師事する人はごく稀であろう。多くは偶然のきっかけで俳句の世界に入る。初学の時、自信満々で投句したものが次々と落とされていく状況に、「俺は主宰と合わない」「先生は私の句を分かってくれない」と泣き言を零《こぼ》すこともある。しかし、これはほとんどの場合、投句者の自信過剰である。初学の間はまず、選を通して主宰の無言の教えを謙虚に学ばねばならない。この段階を我慢できないと、単に自己満足の句に終わってしまうだろう。また、入門してから十年以上経つ人から同じような嘆きを聞くことがある。作句の努力を怠っていないとすれば、選者の目指す方向と自らのそれが合致していない可能性がある。藤田湘子《しょうし》は「五年経ったら、もう一度結社を見直しなさい」という意味の発言を残している。これは、俳人として芽が出ないのなら次々と結社を変えよ、と言っているのではなく、師事している主宰との、いわば相性を考えた上で俳句に対する自らの覚悟を見つめ直しなさいとの教えである。実際、水原秋櫻子《しゅうおうし》に師事した能村登四郎《としろう》には「一句十年」という逸話がある。つまり約十年間「馬酔木《あしび》」に投句し続けたが入選はほぼ一句であったということ。時には全句落選ということもあった。それでも精進した結果、その名を俳壇史に刻んだわけである。

選句する方としても自分の好みの句ばかりを採るのではなく、俳句表現として優れた作品ならば掬い上げる幅の広さが要求される。自分と異質な作品を採ることで実は選をする側も大きく進歩していくのである。

大正十五年の「ホトトギス」に掲載された芝不器男《ふきお》の「あなたなる夜雨の葛のあなたかな」に対する高浜虚子の選句評「この句は作者が仙台にはるばるついて、その道途を顧《かえり》み、あなたなる、まず白河あたりだろうか、そこで眺めた夜雨の中の葛を心に浮かべ、さらにそのあなたに故国伊予を思ふ、あたかも絵巻物風の表現をとったのである」は有名であり、これをもって、この作品は更なる輝きを得たのである。

「選句というものもまた一種の創造であって句作とともにあなどるべからざるものであること、殊に後進の有力なる作家を生み出すためには、選句者の力が半ば以上にいるということを考えに置かねばならぬ」という虚子の広い選句姿勢を噛み締めたい。

推敲《すいこう》

詩や文章などを作るときに、字句を練って、よりよい作品を目指すことをいう。中唐の詩人、賈島《かとう》にまつわる故事から成った。賈島は「僧は推す月下の門」という詩句を得て、「推す」にすべきか「敲《たた》く」にすべきか迷った。ろばに乗って推したり敲いたり手まねをしながら進むうち、当時長安の長官であった詩人韓愈《かんゆ》の行列にぶつかった。韓愈の前に引き出された賈島が事の次第を語ると、韓愈はやや考えて「敲がよい」と言い、二人の交友が始まった。

俳句でも一字一句、てにをはの違いが、全体の良否を左右する。

しんしんと寒さがたのし歩みゆく　星野　立子

もし「寒さはたのし」であれば、一般論のような、他人事のような言い方となり、読者の共感は得られない。「寒さがたのし」とすれば、「今この時の自分にとって楽しい」という作者の高揚した心持ちが伝わる。

ただし、作品に推敲の跡が感じられてはいけない。滑らかに口をついて出たかのような言葉の調べは、読者を自然に句の世界に誘う。

霜夜子は泣く父母よりはるかなものを呼び　加藤　楸邨

句集『起伏』（昭和二十四年）では「雪夜子は泣く」となっているが、昭和三十年の角川文庫版では「霜夜」となり、昭和二十九年の楸邨《しゅうそん》自身のエッセイ『無力』では「霜夜」と引用されている。「俳句研究」昭和四十七年十一月号の「楸邨特集」の小檜《こひ》山繁子《やましげこ》の一文に、「雪夜」が初案、「霜夜」が決定形ではないか、という矢島房利《ふさとし》説が紹介されている。包み込むような雪の夜と、突き放すような霜の夜と、どちらがこの句にふさわしいのだろう。そこには正解はなく、作者自身が決断するしかない。

推敲は、ときには一句の本質すら変えてしまう。

山寺や石にしみつく蟬の声（初案）　芭蕉

さびしさや岩にしみ込蟬の声（再案）

閑さや岩にしみ入蟬の声（三案）

上五の変化を見ると、初案は場所の説明にすぎない。再案では作者の感情になる。三案になってはじめて「山寺」ならではの清閑の趣が生きる。

中七は、初案の「しみつく」の表層的な感覚が、「しみ込」にすると内部に浸透する感覚となる。さらに「しみ入」となると、蟬の声だけに集中していく澄みわたった世界が広がる。それは、『おくのほそ道』本文の「佳景寂寞《かけいじやくまく》として、心すみ行くのみおぼゆ」に照応する。

芭蕉は言った。舌頭《ぜっとう》に千転すべしと。

添《てん》削《さく》

添削とは言葉を加えたり削ったりして、詩歌、文章をよりよく改めること。文字通りに取れば、自分自身で作品を練ることも添削のはずだが、これは推敲と呼ぶ。通常は添削といえば、他人の作品に手を入れる意味で使う。

先達から添削を受けると、一字一句の違いによって句の世界ががらりと変わり、目を開かれるような気持ちになることがある。ほんの少し表現を変えることで、詠いたかった事物が鮮やかに立ち現れる。作者も納得できる添削とはそんなものだろう。

しかし短い俳句の添削では、原作者の意図を離れたところで一句が深まることがある。たとえば、日華事変で転戦中の長谷川素逝《そせい》が「ホトトギス」に投じた、〈氾濫の黄河に民の粟しづむ〉を高浜虚子は、〈氾濫の黄河の民の粟しづむ〉と添削した。「に」が「の」に変わっただけだ。しかし「黄河に」が場所を伝えるだけなのに対し、「黄河の民」といえば、黄河とともに生きてきた民という意味を含む。

「この虚子の斧正《ふせい》によって、この句は、黄河と闘ってきた中国民衆の歴史と、現に生きる黄河の民の生活をつつんでその茫漠のスケールを増す」と森澄雄は言う（『現代俳句大系』第三巻、作品解説）。これは虚子の作品ではない。たしかに素逝の句だ。

『去来抄』には芭蕉の添削が紹介されている。善光寺如来の出開帳を詠んだ去来の原句は、

ひいやりと野山にみつる念仏哉

だったが、これを芭蕉は次のように添削した。

風薫る野山にみつる念仏哉（一案）
すずしさの野山にみつる念仏哉（二案）

『続猿蓑』には二案の形で入句されている。一案の「風薫る」は「ひいやりと」という俗語を避けた。「風薫る」は「野山」だけを修飾する。この句案は信仰の場のおごそかな雰囲気をこわさず、さわやかな印象を保つ。二案の「すずしさの」は原句と同様に「念仏」を修飾する。作者が念仏の声に涼しさを感じたという、最初の把握を生かし、格調の高さ、句柄の大きさは他の案を凌ぐ。

田のへりの豆つたひ行く蛍かな

は、もとは芭蕉の添削を受けた凡兆《ぼんちょう》の句だった。だが、凡兆は見どころがないといって『猿蓑』への入句を拒んだ。芭蕉は「へり」を「畝」に代え、別の俳人の句として入句した。「蕉風」の美意識を作者名よりも重視したのだ。

現代では、作品はあくまでも作者だけのもの、個性の反映でなければならないと考える人が多いだろう。その意味では添削はいつか乗り越えられるべき方便だ。

日常吟《にちじょうぎん》

「俳句は生活の裡《うち》に満目季節をのぞみ、蕭々《しょうしょう》又朗々たる打坐《たざ》即刻《そっこく》のうた也」とはあまりにも有名な石田波郷《はきょう》の言葉だが、「生活の裡に」という箇所にこそ俳句の置かれるべき人生の場所が示されているだろう。さらに波郷は言う。「俳句は風景や生活を詠ひ詠むものではない。といふのは、俳句は生活や自然を対象とするのではなく、生活そのものであるといふことである」と。さすれば、旅に一生を終える者は旅そのものが生活であり俳句であるし、病床に臥す者はその枕辺が生活の場であろうし、すなわち俳句ということになる。病がちな生活を送っているのならば、

紅梅や病臥に果つる二十代　古賀まり子

と詠むこととなるだろうし、囚われの身ならば、

そこにあるすすきが遠し檻の中　角川　春樹

こう見えてくるだろう。それが各々の日常であるのだ。

ふだん着でふだんの心桃の花　細見　綾子

雲の峰一人の家を一人発ち　岡本　眸

静かな日常の生活の繰り返しが淡々と描かれている。

大正初期、高浜虚子が女性のみの句会を催し、「ホトトギス」にその投句欄を設けて以来、女性の俳句進出は目覚しい。その当時の主婦の変化に乏しい日常の生活を、彼女たちは見事に俳句に結実させていった。

　短夜や乳ぜり泣く児を須可捨焉乎《すてつちまをか》　竹下しづの女

母親ならば誰しもが一度は感じた経験がある日常の一齣。下五の漢字表記と口語調のルビ付けが楽しい。同じ子供を詠んだ、

　あはれ子の夜寒の床の引けば寄る　中村汀女

と裏腹なようだが親心は同じだ。男性が子供を詠んだ句はどうだろうか。直接、育児に関与していない気楽さがあり、子供を母親と違って豊かに大きくとらえている。

　毛布にてわが子二頭を捕鯨せり　辻田克巳

　裸子の尻の青あざまてまてまて　小島　健

日々の些事の美しさを描くことは何も女性に限ったものではないが、やはり男性作家の句は寡黙を旨《むね》とするようだ。

　冬薔薇や賞与劣りし一詩人　草間時彦

詩作に没頭し本業が疎かになり、ボーナスの査定が厳しいものとなったのであろうか。サラリーマンとして働く日常のほろ苦さ。それをも甘受する自嘲と自負が滲む。虚構も大切だが、日常の生活に根を下ろした俳句こそ貴重である。

挨拶句《あいさつく》（贈答句《ぞうとうく》・慶弔句《けいちょうく》）

ある特定の個人（一人の場合もあれば、夫婦など複数の場合もある）や会、組織、団体のために、慶賀、弔意、謝意、激励などの気持を込めて詠み、多くは直接その相手に贈る俳句のことを「挨拶句」という。贈る方法は口頭、手紙、電報、色紙、短冊その他さまざまである。直接相手に示さず、雑誌に掲載したり句会に投句したりして、間接的に知ってもらうという方法をとることもある。

もともと俳句には挨拶の要素がある。俳句のもとになった俳諧（連句）の発句は、客として主人に対する挨拶の意を季節の言葉（季題）を用いつつ述べるものであった。発句に続く七七の脇の句はそれに対して主人が挨拶を返すという性質を持っている。ただ、世俗の「お早う」とか「お久しぶりです」といった決まりきった文言、内容でないので、そうと認識しておかないと挨拶の趣旨が理解しにくい。

また、たとえば芭蕉の、

行く春を近江の人と惜しみける

は、人に対する挨拶であると同時に、近江の風土や歴史に対しての挨拶ともなっている。この句は「人」を出しているが、そうでない山川草木を詠んだ句にも挨拶の要素はあり、

戦後「挨拶と滑稽」という山本健吉の論で再確認された形になった。久保田万太郎の、

春灯のひとつひとつよ国破れ

は敗戦国となった日本そのものへの挨拶句であったということもできよう。虚子はそれを「存問《そんもん》」という言葉で説いた。

しかし、一般に挨拶句という場合はそこまで範囲を広げず、冒頭に書いた特定の個人や組織などに贈る目的で詠んだ句のことをいう。それを贈答句とも慶弔句ともいうと解説されているが、贈答句に弔句を含めたり、慶弔句に謝意を表した句を含めたりすると齟齬をきたしかねない。贈答句・慶弔句を包括し、さらにやや広い意味を持つ言葉が挨拶句である。

虚子は挨拶句の名手で、『贈答句集』と題する挨拶句のみを集めた句集がある。新婚の弟子に、

先づ女房の顔を見て年改まる

ブラジル移民となる弟子に、

畑打って俳諧国を拓くべし

など、絶妙の句がある。その虚子が述べた挨拶句とは何かという言葉を引用する。

そうしてまたそれは唯の挨拶ではなく、唯の言葉ではなく、詩である、諷詠であるということである（『俳句への道』）。

前《まえ》書《がき》

俳句はわずか十七音。その中ですべてを表現しなければならない。というのが原則ではあるが、ときどき前書付きの句というのがある。どこで作ったか、地名を記したりすることが多いようだ。それを考慮のうえで読んでほしいという、作者から読者へのメッセージと考えてよいだろう。

前書がないとわからない句もないわけではなく、前書によって句の理解が深まることもある。特殊な場面で作った句については、作者じしんの記念として前書を添えておきたいという気持ちもはたらく。これが一般的な前書であるが、さらに、一句において前書が内容とより深くかかわっているものがある。

母の詞自ら句になりて

毎年よ彼岸の入に寒いのは　正岡　子規

この句の場合、一見、前書はなくても支障はなさそうである。だが、それでは「暑さ寒さも彼岸まで」とよくいわれるようなことを俳句にしただけで、その言い回しから通俗的な印象を与えてしまうにちがいない。しかし、これは母がそういったというところに何ともいえないぬくもりが感じられ、語調のおかしみもただようのである。

倫敦にて子規の訃を聞きて五句

筒袖や秋の柩にしたがはず　夏目　漱石

手向くべき線香もなくて暮の秋（以下、三句略）

青年時代から子規と親しく交わった漱石ならではの句であり、前書なくしては読者はほとんど感慨もなく読み過ぎてしまうだろう。

碧梧桐追悼

たとふれば独楽のはぢける如くなり　高浜　虚子

河東碧梧桐《かわひがしへきごとう》と虚子もまた、幼馴染であるとともに、生涯のライバルであった。その碧梧桐がなくなったと聞いて二人を独楽にたとえたこの作品は、絶妙な挨拶句であり、前書なしには成り立たない。

漱石の句も虚子の句も挨拶句といわれるもので、特定の人を念頭において作られている。このような場合、前書は句と一体といってよい。虚子は挨拶句の名人といわれたが、追悼句にしても、作品だけからはそれとわからないものも多い。前書があってはじめてしみじみとした追悼の意が伝わるのだが、そこに名人といわれる所以がある。

「心」より斎藤茂吉の悼句を徴されて

春雷の美しく鳴り移りたる　虚　子

前書は、俳句の挨拶性と深くかかわっている。

追悼句《ついとうく》

追悼句は死者をしのんで、いたみ悲しむ俳句を意味する。弔句《ちょうく》ともいう。贈答句の一種である。「贈答・慶弔句は他の意が加わったものだから純粋の俳句といえないかも知れない。が、それでいて平凡な句であってはならない。他の意味も十分に運び、しかも、俳句としてみてもなお存立の価値があるものでなくてはならぬ」。（高浜虚子『贈答句集』自序―要約）

右は慶弔句の挨拶性、前書の効能も念頭にあろう。虚子は慶弔句は元来の独立した俳句と趣を異にすると意識する。その存在を認め、月並を排しているのだ。

また『虚子俳話』でこうもいう。慶弔贈答の句は意味と四季の諷詠があり、両者一つとなったところに妙味がある、と。実作では追悼の意味を重視し、自然観照をおろそかにしがちである。思いを抑え、季語の選択にも十分配慮すべきだ。

塚も動け我泣声は秋の風　芭蕉

『おくのほそ道』の「一笑と云ものは、（中略）去年の冬早世したりとて、其兄追善を催すに」の文に続く一句だ。天分豊かで有望だった金沢蕉門の中心的作家・小杉一笑に逢えなかった慟哭がすなわち秋の風。

九月十九日未明子規逝く。前日より枕頭にあり。碧梧桐、鼠骨に其死を報ずべく門を出づ（明治三十五年）

子規逝くや十七日の月明に　高浜虚子

碧梧桐とはよく親しみよく争ひたり

たとふれば独楽のはぢける如くなり　高浜虚子

虚子は贈答句の名手。右のように主情を抑えた卓抜の弔句も多い。追悼句は自ら前書と一体となる。二句とも前書と句との呼吸が絶妙で、よく響き合っている。

芥川龍之介氏の長逝を深悼す

たましひのたとへば秋のほたる哉　飯田蛇笏

芥川の長逝は、夏の七月二十四日。が、深悼にかなう繊細な秋の蛍の季語を配し、文学性を獲得した。単なる事実ではなく、虚子もいう意味と季節の諷詠の融合である。

昭和十八年十月、友田恭助七回忌

あきくさをごつたにつかね供へけり　久保田万太郎

三橋敏雄さんを悼む

戦争を背負《しょ》つて逝きけり冬鳴る海　藤田湘子

三橋敏雄は反戦句も多く、海上勤務も長かった。故人の生き方、人柄、代表句などを取り込むのも追悼句の手法だ。字余りの屈折した座五に、悲嘆が表れている。

忌日俳句《きじつはいく》

忌日を『広辞苑』で調べると、「その人の死亡した日と日付の同じ日で、毎年または毎月回向などする日。命日」とある。つまり命日を詠むのが忌日俳句である。

俳諧に忌日は多し萩の露

と虚子が詠んでいるが、全くその通りで、山本健吉編『最新俳句歳時記』(文藝春秋)の新年の一冊を見てみると、「忌日表」なるものがあり、季語となる忌日がまとめられている。どんな構成員からなるかといえば、俳人、歌人、詩人、小説家、文学者、学者、僧侶、俳優、画家、茶人、商人、遊女、宗教家、政治家、武士、天皇まで多士済々。数えてみたら六八五名もあった。

では、忌日俳句はいつ頃から詠われていたのかというと、『カラー図説日本大歳時記』(講談社)の達磨《だるま》忌に、

達磨忌や壁にむかひし揚豆腐　言水
だるま忌や沓ふみきりし筥根山《はこねやま》　白雄

などが見られ、江戸時代にも忌日俳句があったのがわかる。

では忌日の代表的な季語ともいえる芭蕉忌を見てみよう。芭蕉忌には、翁《おきな》忌、桃青《とうせい》

忌、時雨《しぐれ》忌、芭蕉会、翁の日とたくさんの呼び方がある。これらは、呼び方によって自ずと詠まれ方が変わってくるのも当然で、芭蕉忌と時雨忌では受ける印象も違ってくる。

芭蕉忌や鳩も雀も客の数　一茶
芭蕉忌や白髪見そむる庵の友　成美
芭蕉忌の枕が鳴るや仮の宿　永田耕衣
時雨忌の人居る窓のあかりかな　前田普羅
時雨忌や薄くなりたる膝さすり　後藤夜半
時雨忌に忠なる雨か降り出でし　相生垣瓜人

こう見てくると、芭蕉忌は比較的に直接的であるのに対し、時雨忌の方は、七部集『猿蓑』の「さび」の趣が出てくるようである。このように、ひとりの忌日でも呼び方によっていろいろな詠われ方があるのが忌日の句であり、本人と作者との距離が問題になることはいうまでもない。

時代を経て、本人のことはまったくわからなくなり、ただ作品、功績、名声、事柄だけで親しみを持ち、忌日俳句が作られるようになっている現今、季語と響きあう取り合わせの句が多くなってきている。

また今後さらに、新しい忌日の季語は数がふえる一方である。

辞《じ》世《せい》の句《く》

この世を去るにあたって詠む句。当人が辞世という意識をもって詠む場合と、その人の最後の句が辞世として受け取られている場合とがあるが、後者は絶吟《ぜつぎん》といって区別される。西鶴が五十二歳で亡くなるとき死に臨んでの感慨を詠んだ、〈浮世の月見過しにけり末二年〉という句は、「人間五十年の究り、それさへ我にあまりたるにまして」と前書があり、あきらかに辞世として詠まれたものである。芭蕉は亡くなる四日前に句ができたからと言って弟子に墨を磨《す》らせ、〈旅に病んで夢は枯野をかけ廻る〉という句を書きとらせている。道をもとめ旅の俳人として生きた生涯をしめくくるにふさわしい句で、過去をふりかえり、いまの思いを詠むという辞世の特色をそなえた句だが、去来は「これは辞世にあらず、辞世にあらざるにもあらず。病中の吟なり」と言っていて、辞世とするにためらいがあったようである。この翌日に、〈清滝や波に散り込む青松葉〉という前につくった句の類似した表現を改めたものがあるから、枯野の句は絶吟でもないわけだが、『笈《おい》日記』に「此後はたゞ生前の俳諧をわすれんとのみおもふは」とあり、最後をしめくくる句という思いがあっただろう。

蕪村が死に臨んで詠んだ「病中吟」の、

しら梅に明くる夜ばかりとなりにけり

など三句は、芭蕉の枯野の句のひそみにならったものというから、蕪村は枯野の句を辞世と受け取っていただろう。平穏で明るい朝を待つ蕪村の心境と、荒涼とした枯野をかけめぐりつつ、とらえがたき夢を追う芭蕉とは対照的だが、どちらも自己の生き方を反映して見事なしめくくりかたである。

近代の辞世句としては、正岡子規の詠んだ三句、

糸瓜咲て痰のつまりし仏かな

痰一斗糸瓜の水も間にあはず

をとゝひのへちまの水も取らざりき

が知られている。痰をつまらせ仏になる自分をたじろがず詠むこの句には、近代の写生で鍛えた即物的日常性と、俳諧本来の諧謔《かいぎゃく》性との両面が見えるように思う。

芥川龍之介の、

水涕や鼻の先だけ暮残る

という句は辞世と受け取られているが、以前につくった句を死にあたって短冊に書いたものである。しかし、ここに自分の最期の姿をかさねる思いがあっただろう。

辞世には和歌、漢詩以来のながい伝統があるが、現代では、あらたまって辞世の句を詠むというのは少なくなっている。

吾子《あこ》俳句《はいく》（子育《こそだ》て俳句《はいく》）

吾子俳句が注目されるようになったのは、中村草田男の第二句集『火の島』での吾子の多用からであろう。〈万緑の中や吾子の歯生え初むる〉〈吾妻かの三日月ほどの吾子胎《やど》すか〉などが火元となって男性による吾子俳句がふえ、台所俳句の延長のような形で見られていたものが、ひとつの名目として立ち上がった。

宵寒の背中を吾子のつたひあるく　篠原　梵
七月や妻の背を越す吾子二人　石田　波郷
吾子嫁きてよりの小春のいとほしき　後藤比奈夫
天瓜粉しんじつ吾子は無一物　鷹羽　狩行

子へのいとおしみ、溢れる愛情が出ている。優しい父の姿である。ここには今問題の父子の断絶はない。〈子を殴《う》ちしながき一瞬天の蟬　秋元不死男〉は、心の痛みが出ている父親らしい切り込みの句である。男性が子育て俳句を詠むとき、父親らしい視点が必要だろう。子との距離、接し方など母親とはかなり違うはずである。

では母親の吾子の句はどうか。古いところでは、

その中に羽根つく吾子の声すめり　杉田　久女

泣き声のまだ赤ん坊や秋の雨　中村　汀女
吾子ひしと抱きて柚湯にひたりけり　高橋淡路女

母らしい真っ当な句である。しかし、ここには母とはこうあるべきであるという倫理観があったのではないかと思わせるものもある。これが現代になると、

春や子の胸乳に触れて愕きぬ　大石　悦子
吾子といふ確かな荷ある芋嵐　上田日差子
着ぶくれて抱けとばかりに諸手あげ　西村　和子
兜虫ひかる月夜の子供たち　名取　里美
眠る子の息嗅ぐ月の兎かな　仙田　洋子

と前掲句と趣きが変わってきている。子と自分が同等に描かれている。愛情一辺倒の吾子俳句から、一歩脱却したようだ。女が自由にものを言える世の中が見えてくる。

吾子俳句も、時代によって変わってきているのがわかる。

〈裸子がわれの裸をよろこべり　千葉皓史〉という父側から見た句にしても、秋元不死男とは親子のあり方が違ってきている。絶対的な父から友達のような父へ変わっている。

こう見てくると、吾子は一番身近な句材ではあり、また永遠の句材になり得るだろう。

人事句《じんじく》

人事句は人間社会のさまざまな生活や、その生活をとりまく行事、また、それに伴う感動を詠う俳句を意味する。自然を対象として諷詠する俳句と対置的である。歳時記の「生活」「行事」または「人事」の項目にあたる季語で詠んだ句は、おおむね人事句と考えていいだろう。

花衣ぬぐやまつはる紐いろ〳〵　杉田　久女
街の雨鶯餅がもう出たか　富安　風生
春の燈や女は持たぬのどぼとけ　日野　草城

春・生活項目の中の衣食住に関わる句を挙げた。一句目の女性の華やかさと倦怠感、そして艶っぽさ。二句目の親しさに満ちた街の様子と、庶民的な菓子へのくだけた表現の妙。三句目のなまめかしい肉体感。かように、人事句はじつに範囲が広い。

神田川祭の中をながれけり　久保田万太郎
洛中のいづこにゐても祇園囃子　山口　誓子

夏の行事、東京・浅草橋榊《さかき》神社の活気に満ちた夏祭と、京の八坂神社の豪華絢爛の祭。どこかに祭の差も感じられ、情景、音も目の前に浮かんでくる。

物の音ひとりたふるる案山子かな　凡兆

豊年や切手を載せて舌甘し　秋元不死男

秋・生活の項目より。農耕に関する生活の句も、現代の農業機械化から変容が著しい。机上でのみ作句すると、現在とは違うと、指摘されることも多い。

時雨忌の人居る窓のあかりかな　前田普羅

謝春星まつるに花圃の花もなし　水原秋櫻子

一茶忌や父を限りの小百姓　石田波郷

冬の行事の中から、忌日の俳句を挙げた。それぞれ、芭蕉、蕪村、一茶を偲ぶ句である。俳聖や俳諧の先駆者への畏敬の念と同時に、作者にとって彼らを親しい存在にしている。

便宜上「生活」「行事」の項目に分けられた歳時記に拠ったが、両者が一緒に「人事」の項目に入った歳時記もある。また、たとえ一句の使用季語が時候、天文、地理、動物、植物の項目でも、内容によっては人事句と言ってよいものもあろう。

人事句は詠み方によっては、ともすると、特殊・個人的な生活に強く傾き過ぎるおそれもあり、「俳句の詩としての普遍性」が損なわれる危険性もある。すなわち、「個からの脱出」という意識も十分持って、普遍性のある人間表現、詩への昇華を図ることが大切と考える。

青春俳句《せいしゅんはいく》

青春俳句というジャンルはないが、ここでは十代から三十代前半に作られた青春性の高い俳句と位置づけよう。希望、熱情、鬱屈、無垢、メランコリーなどが主題になったものだが、これらを詠っているからといって、青春の回想の句を青春俳句とは言えない。

青春という一時期にできた、きらめきのある俳句のみを、青春俳句というのである。俳句を青春時代に始めながら、さまざまな事情で多くの若者が俳句から去って行った。そんな作者の作品も交え、戦後のいろいろな時期の作品を見てみよう。

告げざる愛雪嶺はまた雪かさね　上田五千石
林檎一つ投げ合ひ明日別るるか　能村研三
夜桜を産みたき処女と手を繋ぐ　林　桂

恋の句は青春俳句には欠かせぬものである。

どの時代に青春を過ごしたかは、生き方に大きく関わってくる。〈何主義で生きん虎落笛しきり　須知白塔〉は昭和二十一年、作者十八歳のもの。〈莢から生まるる赤い小豆や母若し　柴崎左田男〉は、生まれるということの不思議さを暗喩として詠まれている。

火の粉降る栄光などは遠きもの　大和田としを

追儺の夜餓鬼の如くに出て歩く　福永耕二

この二句は作られた時代が違うが、鬱屈を表現している点で共通している。

草いきれ多感を今の誇りとす　上田日差子

サイネリア待つということときらきらす　鎌倉佐弓

まつさらなノートいろいろアネモネ語　永末恵子

多感もこの時期だけのもの。多感から派生した淋しさを表現しているのが、

双腕は淋しき岬百合を抱く　正木ゆう子

これが男性になると、〈ねとねとと糸ひくおくら青春過ぐ　小澤實〉となる。これらを見ると青春特有の甘い感覚があることがわかる。

そして純潔も大きなテーマである。〈鰯雲出てけがれなき日を思ふ　金田咲子〉。

待つことが罰かもしれず蟻地獄　大野崇文

青年らしい悩みの典型といえるだろうか。これが時代をさらに下ると、あっけらかんとした青春俳句の登場となった。

旅終へてよりB面の夏休　黛まどか

白椿咲いていいて僕寝ていいたり　五島高資

旅吟《りよぎん》

旅は風雅の花、風雅は過客の魂。西行宗祇《そうぎ》の見残しは、皆俳諧の情なり。

これは『韻塞《いんふたぎ》』の中の許六《きよりく》の言葉である。無論、芭蕉の言に拠ったものであろう。この一文には「風狂人が旅の賦《ふ》」と題があり、旅が風雅、つまり文芸——この場合は特に俳諧——にとって花ともいうべき存在であり、逆に俳諧は旅人の魂であると説く。『おくのほそ道』で芭蕉が「古人も多く旅に死せるあり」と書き、尊敬していた李白や杜甫《とほ》、西行らの古人たちも旅に何かを求めそこで死んでいると記している。当時の旅の認識は現在のそれとは格段の厳しさがあり、求道の修行のようでもあった。そうでなければ、

野ざらしを心に風のしむ身哉　芭蕉

こうした覚悟は生まれてこない。己の命を懸けてまで求めたい世界が旅そのものの中にあったのだ。だから、古人と現代人とでは旅にかける思いは自然と異なってくる。現在でも息抜きや親睦を目的とせず、自らを問い直すという旅もあるだろうが、やはり割合はぐっと少なくなっていよう。

麦秋の中なるが悲し聖廃墟　水原秋櫻子

秋櫻子《しゅうおうし》は旅を愛し多方面へ足跡を残したが、特に「軽衣旅情」と題する東京から九州までの旅の俳句作品は『残鐘』の中で光彩を放っている。掲句は原爆で廃墟と化した浦上天主堂を詠んだ群作五句の一つ。麦という言葉が『新約聖書』の「一粒の麦」を想起させ、その稔りを示す麦秋の景であるが故に、人為的に起こされた戦争という悲劇、その結末としての原爆投下による天主堂の破壊が、美の追求者であった秋櫻子の目にはいたく「悲し」いものに映ったのだ。単なる旅行者の視点を超えた力がある。秋櫻子は「馬酔木《あしび》」五百号記念祝賀会の講演で「『ほんとうに詠みたいもの』を見つけるのが苦労で、これを捜すために、私は暇さえあれば旅に出かけるわけであります」と述べている。

流氷や宗谷の門波荒れやまず　　山口　誓子

「門波」という『万葉集』で使われた柔らかい言葉を織り込みながらも、「流氷や」との強い出だしに、長い旅路の末にやっと念願叶って見ることができたという誓子《せいし》の期待感が惨む。太古を思わせるような風景と音響を眼前にした作者の心の揺れが「荒れやまず」との措辞によく表れていよう。こうした旅路の弾むような心は、

秋の航一大紺円盤の中　　中村草田男

この北海道旅行の際の句にも認められる。芭蕉の「野ざらしを」の心と比べ、現在は、旅自体が大きく楽しむためのものへと変貌したことを感じさせる。

吟《ぎん》行《こう》

作句のため、日帰りないしは泊まりで名所旧跡などへ訪れること。通常は、同好の仲間何名かで訪れることが多い。四季折々の自然の変化、その土地の生活に触れることができるため、日常生活を離れた新鮮な感動を体験することができる。

単なる観光旅行と吟行の違いは、自分の足を運んだ軌跡を作品として残せるところにある。ただし、漫然と景色を見ているだけでは、なかなか作品はできない。作り手は意識して周囲の風物に目を注がなければならない。眼前の風物を言葉と結びつけようと努力しなければならないのだ。

そのことによって、それまで、見えなかったものが見えるようになってくる。普通ならば、見過ごしてしまうような草花。聞き過ごしてしまう鳥や虫の声。吟行をすることにより、自分を包み込んでいる豊かな自然を身体で感じ取ることができる。

そのために、注意しておきたいことがある。

一つ目は、カメラやスマホで写真を撮りすぎないこと。人間は不思議なもので、写真を撮ってしまうと、それ以上、眼前の景を見ようとはしない。何となく安心して、満足してしまうのだ。

二つ目は、おしゃべりをしすぎないこと。結社の吟行会などでは、大声で、のべつまくなし、話している女性グループを見かける。しかし、過剰なおしゃべりは、感動の新鮮な手応えを薄めてしまう。それは、たとえば、クラシックのコンサートや絵の展覧会の最中、無用な作品解説を延々としあっているようなもの。感動の瞬間、人は言葉を失うものだ。じっと黙って、心澄まして、自分を引き留めた世界に向かい合ってみることが必要だ。

蜘蛛に生れ網をかけねばならぬかな　　虚子

吟行会での目撃者の証言によると、高浜虚子は、この句を作るとき、ひとり御堂の裏の蜘蛛の巣に向かいながら、黙々と句帳に作品を書き留めていたそうだ。プロの俳人であっても、初心者であっても、基本的な部分は変わらない。静かに対象に向かい合うことが大切なのだ。

吟行をしたあとは、句会をすることが多い。句会では、初心者もベテランも匿名の立場で作品を選びあう。自分が見落としていたものや詠えなかった景が、作品として、見事にまとめ上げられているのを見るのも、貴重な経験である。尊敬する先生や先輩の感覚世界や表現力をリアルタイムで体験できるのだ。同じ場所を自分も歩いているだけに、その感動は新鮮である。句会の得点にこだわるのは、つまらないことだ。

俳《はい》枕《まくら》

和歌に詠み込まれた地名「歌枕《うたまくら》」に対し、俳諧・俳句の中の地名を「俳枕」という。「俳枕」の語は、幽山《ゆうざん》の撰集の書名『誹枕』（延宝八年・一六八〇）に見られる。素堂《そどう》の序によれば、幽山はこれを『能因歌枕』から得たという。『誹枕』序の中で、素堂は次のように述べている。

そもそも此撰、幽山のこしかたを聞ば、西は棒の津にひら包をかけ、東はつがるのはて迄足をおもしとせず。寺といふてら、社といふやしろ、何間ばりにどちらむき、飛驒のたくみが心をも正に見たりし翁也。

幻想の地誌としての「歌枕」に対し、実地体験に基づき、風土の本質的情感をとらえたものとしての「俳枕」。尾形仂《いさお》氏は、両者の違いをそのように分析する。その一方で、『誹枕』所収の作品は、

み吉野や葛のかたまり秋の月　　幽山

などのように、吉野葛に因《ちな》んで、吉野の月を葛のかたまりととらえた観念遊技の領域

にとどまっていることも指摘している。「俳枕」が真の詩語となるには、芭蕉の出現を待たなければならなかったという。

行春を近江の人とをしみけり　芭蕉

この一句をめぐる『去来抄』の問答はすこぶる有名。「近江」は「丹波」に、「行春」は「行歳」に置き換えられるという尚白《しょうはく》の批判に対し、去来は次のように答えている。

去来曰く「尚白が難あたらず。湖水朦朧として春をしむに便あるべし。殊に今日（実感）の上に侍る」と申す。

先師曰く「しかり。古人もこの国に春を愛する事をさをさ都におとらざる物を」。

古人の伝統的詩情を追体験することによって、風土固有の本質的な情感に到達する。芭蕉の考えた「俳枕」体験とは、歴史の流れという通時性の横軸と、自己の現実体験の共時性の縦軸がクロスする時空に我が身を置くことであった。

今日では、全国各地の地名が俳句の中に詠まれ、詩語としての「俳枕」は大いに開拓されている。

名所俳句《めいしょはいく》

「名所」という言葉は古くから使われていた。「月の名所」「花見の名所」というように、人々の生活に密着した意味あいをもっていたのである。同時に「名所に見どころなし」などということわざが生まれたように、必ずしも肯定的に受けとめられていたわけではなく、もともと通俗的な匂いのする言葉だった。

いわゆる観光名所で詠まれた俳句を「名所俳句」と呼んでいるが、その源をたどれば、和歌の「歌枕《うたまくら》」に行きつく。和歌では、古歌に詠まれて有名になった場所を「歌枕」といい、その地名を詠み込んだ歌を詠むことが積極的に行われた。しかし、歌枕は全国津々浦々に及び、交通手段の乏しい時代に都の歌人《うたびと》たちが実際に各地へ行くことなどほとんど不可能であった。つまり、実際に行くことのできない人たちが、先人によって詠まれた彼方の地にあこがれて歌に詠むことが多かったのである。歌枕をいかに巧みに自作に詠みこむかは、技を示すことでもあった。

芭蕉は、このような歌枕を自分の目で確かめることを旅の目的のひとつとした。西行が歌に詠んだ場所に、実際に立ってみたいと願ったのである。いまでは、旅をして俳句を作ることが珍しくなくなり、芭蕉が『おくのほそ道』でたどった場所を訪れて俳句を詠んだりと、「歌枕」に対して「俳枕」という言葉も使われはじめた。現在、名刹や史跡のほか、観光名所へ吟行することも珍しくないが、地名にあこがれるというより、自分がその場に立って作品を詠むこと、それが重要視されている。

実体験を重んじるのが俳人の特徴といえるが、名所に行けば名句ができるか、これはまったく保証がない。むしろ、「絵葉書俳句」などという蔑称があるように、名所で詠まれた俳句の多くは陳腐極まりなく、類型の山に一句を加えるだけというのが一般的な認識である。

現代の名所と呼ばれるところは、多くは商業的な施設が集中し、景色も誰が撮ってもみな同じ写真になるようなスポットになってしまっている。そこで新たな俳句的発見を期待するのはかなりむずかしい。

近年は、名所が海外にまで広がりを見せている。パリならばエッフェル塔やシャンゼリゼ、セーヌ川へと繰り出すわけだが、ガイドブックの案内通りに歩いても、美しい絵葉書俳句がつぎつぎにできるだけで終りやすい。

名所で名句をめざすのであれば、そこへ行った事実に意味があるのではないことを忘れないようにしたい。そして、物珍しさに目を奪われないことである。

叙景句《じょけいく》

叙景とは風景を書きあらわすことをいう。そうした俳句を叙景句と呼ぶ。自然詠、風景句と同義とされることが多い。

荒海や佐渡に横たふ天の河　芭蕉
ながながと川一筋や雪の原　凡兆
遠山に日の当りたる枯野かな　高浜　虚子
芋の露連山影を正しうす　飯田　蛇笏
駒ヶ嶽凍てゝ巌を落しけり　前田　普羅
瀧落ちて群青世界とどろけり　水原秋櫻子

いずれの句も自然への畏敬の念が、自然と自己との一体化に近づき、格調ある風韻を招いている。

掲出の虚子の「枯野」の句には、「静寂枯淡の心境を詠ったもの」との自解がある。優れた叙景句には、単に風景を描くものにとどまらず、読者に共鳴をうながす心の働きがあるようである。

蛇笏《だこつ》の「芋の露」の句は、叙景に遠近法と対比詩法を巧みに用いている。そして、その景の中に確たる季節感を読み取り、凜と張った響きがある。簡潔な表現の中に俳句にかける志の高さを看取できよう。

たてよこに富士伸びてゐる夏野かな　桂　信子
一月の川一月の谷の中　飯田　龍太
雪嶺のひとたび暮れて顕はるる　森　澄雄

いずれの句も新しい発見がある。そして、大景の中に独自の感受性を導入している。叙景句の場合、自然の風景の中から、何に自身が感じたか、それをどう抽出するか、が鍵となる。それが、季語、定型、切れなど俳句の固有性のフィルターを通過し得たとき、類型のない個性を携え、かつ、普遍性をそなえた作品となろう。

昨今、叙景句を見直そうとする気運が強い。人事句が増加し、俳句が弱体化・矮小化され、朗々とした趣が減ったからだ。この傾向は、科学の発展と同時に、自然への畏敬の念が希薄になったからでもある。それに伴い、自然の季節の変化にも鈍感になってしまった。また、日常生活は俗語で詠みやすいからでもある。

もちろん、優れた人事句も多い。が、詩精神が低いと、身辺だけの微細なところに興味が行き、個からの脱却が図れず、俳句の詩としての普遍性を損なうことになる。

俳句は、自然との交感の中で詠う季節の詩でもある。

山岳俳句《さんがくはいく》

山岳に関わる俳句全般を指す。
先蹤《せんしょう》は、『おくのほそ道』、月山《がっさん》登山を詠んだもの。「雲霧山気の中に氷雪を踏《ふみ》てのぼる事八里、更に日月行道《にちぐわちぎやうだう》の雲関《うんくわん》に入《いる》か（日月の運行する雲の関に入っていくか）とあやしまれ、息絶身《たえみ》こゞえて、頂上に臻《いた》れば、日没《ぼっし》て月顕《あらは》る」の紀行文に続き、が記されている。

雲の峰幾つ崩《くづれ》て月の山　芭蕉

近代になって、意識して山岳俳句を作ったのは、石橋辰之助だろう。

繭干すや農《のう》鳥《とり》岳《だけ》にとはの雪　辰之助
朝焼の雲海尾根を溢れ落つ

山本健吉は、石橋の句を、これまでの花鳥諷詠的な消極的態度に基づく調子の低いものではなく、「はじめて近代的登山家としての感覚で、山岳の壮大な美観を句にしたもの」（『現代俳句』）と、高く評価している。
「ホトトギス」では、前田普羅《ふら》の秀吟を挙げねばならない。

駒ヶ嶽凍てゝ巌を落しけり　普羅

乗鞍のかなた春星かぎりなし
春星や女性《によしよう》浅間は夜も寝ねず

格調高く、スケール大きく詠まれた名句は、追随を許さない。叙景句として、山岳俳句の頂点を示している。

以降、山岳俳句に意欲的に取り組んだ作家は、福田蓼汀《りようてい》である。特に、奥黒部で失った愛息への思いを詠んだ『秋風挽歌』の連作は、慟哭の念が切実に描かれており、読者に深い感動を与える。

雪嶺に手を振る遺影ふり返り　蓼汀
稲妻の斬りさいなめる真夜の岳
寒夜睡れず黒部激流耳に憑き

「造化に出合い、詩心昇華の山は、逆に現身を確かめることの出来ない悲哀の場になつてしまつた。最も山を愛する私が、最も愛する息子を、山で失つた悲しみは筆舌に尽くし難い」(後記)。自然の厳しさ、非情さを、ドラマチックに表現した蓼汀の諸作は、昭和俳句史上、異色の輝きを放っている。なお、蓼汀の山岳俳句を継承しているのが、岡田日郎《にちお》。

雪渓の水汲みに出る星の中　日郎

処女句集以降、一貫して、秀峰に登攀実作し、ライフワークとしている。

海外俳句《かいがいはいく》

海外俳句には、二通りが考えられる。一方は、海外で日本人が日本語で作るもの。他方は、海外でそれぞれの国の人が、その国の言葉で作るもの。『俳文学大辞典』では、前者を「海外俳句」、後者を「海外の俳句」と区別している。

日本人による海外詠で古いのは、正岡子規の日清戦争従軍時の、

麦畑や驢馬の耳より揚雲雀

がある。その他、明治の作品では、夏目漱石のロンドン詠、昭和になると、高浜虚子のヨーロッパ詠があり、戦後では鷹羽狩行《たかはしゅぎょう》の、

摩天楼より新緑がパセリほど

というアメリカ詠が、話題となった。

近年は海外赴任、海外出張、海外旅行が増えていることから、海外俳句は珍しいものではなくなっている。気候の違いから、季語の扱いが難しい点はあるが、その国に合わせて、当てはまるものを使っているのが現状である。

今後ますます違和感もなく、海外詠が量産されるだろう。そして、海外詠における季語の考え方が、具体的に確立されないとも限るまい。海外俳句は珍しさから、吟行

地の拡大という意味合いに次第に変わって行くことだろう。

外国人による自国語の俳句の発達は、明治時代にお雇い外国人として来日した、チェンバレン、ハーン、フローレンツ、ルヴォンらによって、英、米、独、仏に伝えられたのを始めに、一九〇二年には、仏のクーシューがハイカイ詩集をパリで世界で初めて出版した。この詩集は日本の俳句の翻訳が自由詩形式をとっていたため、詩の型で書かれ、前衛詩人に刺激を与えた。

戦後はアメリカの研究者による功績が大きく、ブライスの古典俳句の翻訳、ヘンダスンの『俳句入門』、ドナルド・キーンの研究書などにより、世界中に大きな関心を呼んだ。それに加え鈴木大拙が俳句と禅を結びつけたことが、反響を呼んだ。

現在では、アマチュアの俳人が世界中にいる。自国の言葉に合わせ俳句は逞《たくま》しく各国に根づいている。アメリカでは小学生に俳句を教えている。

インターネットの普及で、俳句の交流は思ったより早く、多くの国の人々と、個人単位で進む時代が来るのではないだろうか。その時、我々は俳句と海外のハイクの違いを認容し、ハイクへの理解がさらに進むことになろう。

現に日本における俳句の国際化の認容は、二〇〇〇年、松山の「国際俳句フェスティバル」で正岡子規俳句大賞を受賞したのが、フランスの詩人イヴ・ボンヌフォアであったことからも明白である。

用語五十音順索引

＊数字は掲載ページを示す。

あ

か

さ

た

執筆者紹介

＊数字は掲載ページを示す。

岩田由美（いわた ゆみ）
昭和36年、岡山生まれ。「藍生」「秀」所属。第35回角川俳句賞受賞。第50回俳人協会新人賞受賞。句集に『春望』『夏安』『花束』『雲なつかし』、著書に『奥の細道―旅をして名句』ほか。
↓六八・一二三・一二四・一二六・一二八・一四〇・一七八・一八〇

小川軽舟（おがわ けいしゅう）
昭和36年、千葉生まれ。「鷹」主宰。第一句集『近所』で第25回俳人協会新人賞受賞。『魅了する詩型』で第19回俳人協会評論新人賞受賞。句集に『手帖』『呼鈴』『掌をかざす』『朝晩』、著書に『現代俳句の海図』『俳句と暮らす』ほか。
↓三八・六〇・六四・一二六・一二八・一三〇・一四四・一六〇・一六八・一七〇

片山由美子（かたやま ゆみこ）
昭和27年、千葉生まれ。「香雨」主宰。『俳句を読むということ』で第21回俳人協会評論賞受賞。『香雨』で第52回俳人協会賞受賞。句集に『水精』『天弓』『飛英』、著書に『鳥のように風のように』『季語を知る』ほか。
↓八二・一〇〇・一二〇・一三三・一三四・一三六・一八六・二〇六

小島　健（こじま　けん）
昭和21年、新潟生まれ。「河」所属。第一句集『爽』で第19回俳人協会新人賞受賞。句集に『木の実』『蛍光』ほか。著書に『大正の花形俳人』『いまさら聞けない俳句の基本Q&A』『俳句練習帖』ほか。
→はじめに・三四・四六・五三・九三・一七三・一八八・一九六・二〇八

小室善弘（こむろ　ぜんこう）
昭和11年、埼玉生まれ。『漱石俳句評釈』で第3回俳人協会評論賞受賞。句集に『瀧坂』『風祭』『西行桜』、著書に『川端茅舎・鑑賞と批評』ほか。平成14年9月21日逝去。
→一六・五八・六六・六八・七四・八〇・八四・一一四・一六三・一六四・一九三

島谷征良（しまたに　せいろう）
昭和24年、広島生まれ。「風土」所属。昭和51年、「一葦」を創刊主宰。句集に『卒業』（共著）『鵬程』『履道』『舊雨今雨』『南箕北斗』。
→三・一八・二〇・三〇・三六・四八・一〇四・一〇六・一八四

筑紫磐井（つくし　ばんせい）
昭和25年、東京生まれ。「豈」発行人。『飯田龍太の彼方へ』で第9回俳人協会評論新人賞受賞。『伝統の探究〈題詠文学論〉』で第27回俳人協会評論賞受賞。句集に『野干』『婆伽梵』、著書に『定型詩学の原理』『季語は生きている』ほか。
→三八・五六・六三・七三・一〇八・一四六・一四八・一五〇・一五三・一五四・一五六

中岡毅雄（なかおか　たけお）

昭和38年、東京生まれ。「いぶき」共同代表。「藍生」所属。『高浜虚子論』で第13回俳人協会評論新人賞受賞。第24回俳人協会新人賞受賞。句集に『浮巣』『水取』『一碧』。『啓示』で第10回山本健吉文学賞受賞。『壺中の天地』で第26回俳人協会評論賞受賞。

↓四〇・九八・一〇三・一四三・一六六・二〇三・二〇四・二一〇

中西夕紀（なかにし　ゆき）

昭和28年、東京生まれ。「都市」主宰。句集に『都市』『さねさし』『朝涼』、共著に『鑑賞 女性俳句の世界2』『現代俳句新世界下』『相馬遷子 佐久の星』。

↓五四・七〇・七八・八六・一九〇・一九四・一九八・二一三

仁平　勝（にひら　まさる）

昭和24年、東京生まれ。『俳句が文学になるとき』で第19回サントリー学芸賞（芸術・文学部門）受賞。『俳句のモダン』で第3回山本健吉文学賞受賞。『俳句の射程』で第21回俳人協会評論賞・第9回加藤郁乎賞受賞。句集に『東京物語』『黄金の街』ほか、著書に『詩的ナショナリズム』ほか。

↓六六

野中亮介（のなか　りょうすけ）

昭和33年、福岡生まれ。「馬酔木」所属。「花鶏」主宰。平成7年、第10回俳句研究賞受賞。第一句集『風の木』で第21回俳人協会新人賞受賞。著書に『俳句こころ遊び』。

↓一四・四三・一三・一三〇・一三八・一七六・一八三・二〇〇

本井　英（もとい　えい）
昭和20年、埼玉生まれ。「夏潮」主宰。大磯鴫立庵第二十三世庵主。句集に『本井英句集』『夏潮』『八月』『開落去来』、著書に『高濱虚子』『虚子渡仏日記紀行』。『虚子散文の世界へ』で第32回俳人協会評論賞受賞。
↓一〇・三一・二四・二六・三一・五〇・九四・九六・一五八・一七四

本書は、二〇〇三年七月に富士見書房より刊行
された単行本『俳句実作の基礎用語』を改題し、
加筆・修正のうえ文庫化したものです。

俳句《はいく》のための基礎用語事典《きそようごじてん》

角川書店《かどかわしょてん》＝編

令和元年 11月25日　初版発行
令和５年 ６月30日　７版発行

発行者●山下直久

発行●株式会社KADOKAWA
〒102-8177　東京都千代田区富士見2-13-3
電話　0570-002-301（ナビダイヤル）

角川文庫 21922

印刷所●株式会社KADOKAWA
製本所●株式会社KADOKAWA

表紙画●和田三造

Printed in Japan
ISBN 978-4-04-400468-2　C0192

◆◇◇

角川文庫発刊に際して

角　川　源　義

第二次世界大戦の敗北は、軍事力の敗北であった以上に、私たちの若い文化力の敗退であった。私たちの文化が戦争に対して如何に無力であり、単なるあだ花に過ぎなかったかを、私たちは身を以て体験し痛感した。西洋近代文化の摂取にとって、明治以後八十年の歳月は決して短かすぎたとは言えない。にもかかわらず、近代文化の伝統を確立し、自由な批判と柔軟な良識に富む文化層として自らを形成することに私たちは失敗して来た。そしてこれは、各層への文化の普及滲透を任務とする出版人の責任でもあった。

一九四五年以来、私たちは再び振出しに戻り、第一歩から踏み出すことを余儀なくされた。これは大きな不幸ではあるが、反面、これまでの混沌・未熟・歪曲の中にあった我が国の文化に秩序と確たる基礎を齎らすためには絶好の機会でもある。角川書店は、このような祖国の文化的危機にあたり、微力をも顧みず再建の礎石たるべき抱負と決意とをもって出発したが、ここに創立以来の念願を果すべく角川文庫を発刊する。これまで刊行されたあらゆる全集叢書文庫類の長所と短所とを検討し、古今東西の不朽の典籍を、良心的編集のもとに、廉価に、そして書架にふさわしい美本として、多くのひとびとに提供しようとする。しかし私たちは徒らに百科全書的な知識のジレッタントを作ることを目的とせず、あくまで祖国の文化に秩序と再建への道を示し、この文庫を角川書店の栄ある事業として、今後永久に継続発展せしめ、学芸と教養との殿堂として大成せんことを期したい。多くの読書子の愛情ある忠言と支持とによって、この希望と抱負とを完遂せしめられんことを願う。

一九四九年五月三日